KB078465

無生錄

무생록

FANTASTIC ORIENTAL HEROES

이민섭

新무협 판타지 소설

무생록 8

이민섭 新무협 판타지 소설

초판 1쇄 찍은 날 § 2014년 7월 10일
초판 1쇄 펴낸 날 § 2014년 7월 17일

지은이 § 이민섭
펴낸이 § 서경석

편집부장 § 권태완
편집책임 § 정수경

펴낸곳 § 도서출판 청어람
등록번호 § 제387-1999-000006호
등록일자 § 1999. 5. 31
어람번호 § 제2-2516호

주소 § 경기도 부천시 원미구 심곡2동 163-2 서경B/D 3F (우) 420-822
전화 § 032-656-4452팩스 § 032-656-4453
http://www.chungeoram.com
E-mail § chungeorambook@daum.net

ISBN 979-11-316-9116-8 04810
ISBN 978-89-251-3563-2 (세트)

無生錄

무생록

8

[완결]

이민섭 新무협 판타지 소설

FANTASTIC ORIENTAL HEROES

도서출판 청람

第一章

전조

소림이 봉문에 이르렀고 참회동에서 마두들이 쏟아져 나와 무림을 혼란으로 물들였다.

소림사의 참회동에는 전대 마두들까지 있었는데 그들은 무림의 중소방파 정도는 가볍게 위태롭게 할 정도의 무공 수위를 지니고 있었다.

참회동에 들어가기 전에 내공을 봉쇄당했지만 혈마기를 익힘으로써 예전의 무공 수위를 찾을 수 있었던 것이다.

참회동에 있던 마두들이 한꺼번에 혈마기를 휘날리며 뛰쳐나오니 백도무림은 큰 타격을 받을 수밖에 없었다.

소림이 몰락했다는 충격적인 소문이 흐르고 얼마 지나지 않아서였다.

마두들은 모두 제갈미현의 수족이 되었다.

혈마기를 습득한 이상 제갈미현의 뜻을 거절하기 어려웠다.

제갈미현은 백도무림을 장난감처럼 여겼다.

그녀의 관심은 오로지 홀로 백도무림, 사파, 그리고 마교 위에 군림한 무생뿐이었다.

전 무림을 초토화시킨다면 무생이 있는 곳에 닿을 수 있지 않을까 하는 생각 역시 있었다.

무림인들이 무생을 현세에 강림한 무신으로 생각하고 있는 것만큼 제갈미현 역시 그를 특별하게 여기고 있는 것이다.

과거 수많은 중소방파를 위기로 몰아넣은 전설적인 마두 광부마인이 피가 묻은 자신의 도끼를 핥으며 쾌활한 미소를 짓고 있었다.

본래 마교에 속했었지만 마교를 스스로 나와 살인을 자행한 극악무도한 인물이었다.

어린아이라도 손속을 두지 않기 때문에 그의 악명은 지금까지 대단했다.

그런 마두가 하북에 나타나 일대를 쑥대밭으로 만들기 시작했다.

마두들은 소림사에서 탈출한 이후 한동안 잠잠히 지내다 어느 순간 각지에서 동시다발적으로 살행을 자행하기 시작했다.

광부마인은 혈마기를 받아들인 이후 제갈미현의 충실한 심복이 되었다.

그런 그가 제갈미현이 독곡에서 만든 혈마인을 이끌고 하북팽가의 앞에 도착했다.

하북에 나타난 이후부터 자행한 살육은 백도무림의 씨를 말려 버릴 기세였다.

"크흐흐, 힘이 넘치는군."

혈마기는 광부마인을 그가 이룬 경지 이상으로 도달하게 만들었다.

화경의 끝자락에 있었지만 혈마기를 온전히 받아들인 덕분에 현경에 이르렀다.

혈강시보다 강한 것은 당연했다.

제갈미현은 이 점을 노려 구금되어 있는 유명한 악인들을 수족으로 만들고 있었다.

소림은 그 첫 번째일 뿐이었다.

이미 무림맹뿐만 아니라 황실에 이르기까지 광범위하게 손을 대기 시작한 것이다.

오대세가로 이름을 날리는 하북팽가일지라도 많은 혈마인과 현경에 이른 광부마인을 전부 상대할 수는 없었다.

혈마기가 가진 특성이 발휘되어 하북팽가의 무공을 무력하게 만들고 있는 것이다.

"팽가가 이리도 약했다니 전에는 미처 몰랐군."

"네놈……!"

천하제일도가라 불리던 하북팽가였지만 그 이름이 무색해질 정도였다.

하북팽가의 가주인 팽맹한은 천하십제의 끝자락에 이름을 올린 자였다.

그의 무공 수위는 화경을 넘어서 현경에 발을 내딛었지만 눈앞의 광부마인에 비하면 아직 부족했다.

혈마기의 특성도 그렇지만 광부마인은 팽맹한의 선배 격이었다.

혈마인들이 광부마인의 주위에 인형처럼 몸을 축 늘인 채 서 있었다.

팽맹한은 식은땀을 흘리며 도를 움켜쥐고 있는 팽하월을 바라보았다.

무공에 소질이 있기는 하지만 팽맹한은 팽하월에게 무공을 제대로 전수하지 않았다.

하북팽가는 그녀의 오라비인 팽상일에게 물려주고 팽하월

은 자유롭게 자랐으면 하는 바람이었다.

스스로 도를 들고 있는 팽하월이 자랑스러웠지만 혈마기에 당해 누워 있는 팽상일을 보니 가슴이 찢어지는 고통을 느꼈다.

남궁세가의 가주 역시 이러한 기분을 느꼈을 것이다.

"도망치거라."

팽맹한이 팽하월을 보며 그렇게 말했다.

하북팽가의 모든 무인은 팽하월의 앞을 막으며 팽맹한의 뒤에 섰다.

오랫동안 팽가와 함께해 온 장로들 역시 팽맹한과 운명을 함께하기로 결심한 지 오래였다.

오대세가 지위를 오랫동안 지킬 수 있었던 것은 무공 때문만이 아니었다.

서로에 대한 유대감은 하북팽가를 하북의 호랑이로서 오랜 세월 버틸 수 있게 해주었다.

"하지만……!"

팽하월이 그렇게 외치자 팽맹한은 팽하월과 눈을 맞추었다.

"가거라."

팽맹한은 표정을 굳히며 광부마인에게 시선을 옮겼다.

광부마인은 박수를 치며 호쾌하게 웃었다.

"눈물 나는군. 딸년의 미색이 제법이니 심심풀이 정도는 되겠지. 허허허허!"

광부마인이 음탕한 눈으로 팽하월을 바라보았다.

광부마인은 최소한의 인정도 없어 팽하월을 놓아줄 생각 따위는 전혀 하지 않고 있었다.

광부마인의 주인인 제갈미현은 하북팽가를 멸하라고 명했을 뿐, 다른 행동에는 제약을 두지 않았다.

제갈미현의 미색 역시 탐나기는 하지만 그녀는 거역할 수 없는 주인이었다.

반항심이 없는 건 아니었지만 혈고독이 머릿속에 들어오면서부터 그녀를 거역할 생각은 전혀 들지 않았다.

"몸부림쳐 봐라. 죽이는 맛이 있어야지."

"팽가의 도를 얕보지 마라."

광부마인이 손짓하자 혈마인들이 혈마기를 내뿜으며 돌진하기 시작했다.

생각보다 많은 수의 혈마인이 팽가를 포위하며 서서히 모습을 드러내고 있었다.

죽은 시체로 만들어진 혈마인들은 몸을 아끼지 않았고, 혈강시들이 간간이 모습을 드러내며 팽가의 무인들을 도륙했다.

하북팽가가 사라진다면 하북 지방의 정파들은 그다음이

될 것이었다.

'혈교가 사라진 지금 도대체 누가 이런 짓을 벌인단 말인가!'

염마대제에 의해 사라진 혈교였다.

혹여 다시 재건된다고 하더라도 이렇게 빠른 시간 내에는 불가능했다.

게다가 이들은 백도무림에 대해 아주 잘 알고 있었다.

그동안 갇혀 지낸 것이 무색할 정도로 하북에 대해 자세한 정보를 알고 있었고 팽가의 무인들이 상행을 떠난 시점에 습격이 이루어졌다.

'흑막은 백도무림 안에 있다.'

팽맹한은 그렇게 생각했다.

주변을 포위한 혈마인 덕분에 팽하월의 도주로 역시 막히고 말았다.

"내 손으로 하북팽가를 멸할 날이 올 줄이야. 오래 살고 볼 일이군."

광부마인의 손에 들린 도끼에서 혈마강기가 떠올랐다.

그 모습에 팽맹한은 신음을 내뱉었다.

혈마기는 현경에 이른 공력으로 버틸 수 있었지만 혈마강기는 사정이 달랐다.

만독불침에 이르렀다고 해도 내부를 철저히 파괴하는 혈

마강기를 당해낼 수는 없었다.

광부마인이 혈마강기를 내뿜자 주변에 있던 팽가의 무사들이 피를 흘리며 쓰러졌다.

일수에 여럿이 단번에 당해 버리는 모습은 두려움을 주기 충분한 모습이었다.

상황은 최악이었다.

광부마인은 팽가의 식솔을 그 누구도 살려둘 생각이 없어 보였다.

무공을 알지 못하는 자들까지 무차별적으로 도륙하고 있었다.

"크윽!"

치욕은 언젠가 갚을 수 있지만 빼앗긴 목숨은 되돌릴 수 없었다.

팽맹한은 도를 천천히 들었다.

광부마인을 향해 겨눈 도에는 그의 모든 것이 깃들어져 있었다.

팽맹한이 신법을 전개하며 광부마인에게 달려들었다.

막아서는 혈마인을 베어버리고 잔상을 그리며 팽맹한의 앞까지 도달했다.

잔상이 아직까지도 남아 있는 것으로 보아 가히 이형환위의 극치라 할 수 있었다.

팽맹한은 모든 내력을 모아 오호단문도를 펼쳤다.

현경에 이르러 대성한 오호단문도를 동귀어진의 의미를 담아 펼치자 거대한 내력이 몰아치며 광부마인에게 쏟아져 내렸다.

광부마인은 비릿한 웃음을 지으며 내력을 끌어 올렸다.

콰가가강!

극성으로 펼친 오호단문도를 광부마인이 혈마강기를 폭사시키며 상쇄시켰다.

뿐만 아니라 뻗어 나간 혈마강기가 팽맹한의 내부에 침투했다.

팽맹한은 뒤로 크게 밀려나며 도를 바닥에 찍었다.

주르륵!

광부마인의 뺨이 길게 갈라지며 피가 새어 나왔다.

전신의 혈맥을 강타한 덕분에 광부마인은 큰 내상을 입어 피를 울컥하고 토해냈다.

"크, 크크큭."

광부마인이 손을 뻗자 팽가의 식솔 중 하나가 그의 손으로 딸려왔다.

허공섭물을 이용한 방법이었다.

그의 손에 들린 자가 고통에 몸부림치기 시작했다.

"끄아아악!"

온몸의 피가 모두 증발되더니 광부마인의 몸으로 흡수되었다.

생기 자체를 혈마기화해서 즉석에서 흡수하는 것이었다.

그러자 광부마인의 내상이 빠른 속도로 낫기 시작했다.

광부마인은 손을 들어 자신의 뺨을 만져 보았다.

뼈가 보일 정도의 상처에 광부마인의 얼굴이 노기로 물들었다.

상처가 혈마기에 의해 서서히 아물기 시작했다.

하나 하북팽가의 의지가 담긴 검은 그의 뺨에 긴 흉터를 남기고 말았다.

'겨우 이 정도인가.'

선천지기까지 소모하여 동귀어진의 수를 택했지만 광부마인에게는 그다지 타격이 없는 것 같았다.

반면 팽맹한은 모든 진기를 소모한 덕분에 십 년은 늙어 보였고 온몸의 힘이 빠져 도를 들 힘조차 없었다.

"아버지!"

팽하월이 뛰어와 팽맹한을 부축했다.

늘 강했던 자신의 아버지가 힘없이 비틀거리는 모습에 눈물이 흘러나왔다.

그녀의 오라비 역시 가망이 없는 상태였다.

광부마인을 상대로 호기롭게 나섰지만 혈마기가 전신에

침투하여 선천지기가 훼손된 까닭이었다.

“도망… 치거라.”

“팽가는 결코 등을 보이지 않는다고 아버지가 말했잖아요.”

“내가 그리 말했더냐. 명예보다 사람이 우선임을 알고 있었거늘…….”

지금 깨달아보았자 아무런 소용이 없었다.

광부마인이 음침한 웃음을 흘리며 천천히 다가왔다.

팽하월은 도를 들며 팽맹한의 앞을 막아섰다.

“이, 이 악적!”

“흐흐흐, 가까이서 보니 더 훌륭하군. 금방 죽여 버리기엔 아까워.”

팽하월의 도에 도기가 일렁거렸다.

또래에 비해서는 굉장한 성취였지만 광부마인의 눈에는 아양을 떠는 것처럼 보일 뿐이었다.

그것이 광부마인의 음욕을 더욱 부채질시켰다.

혈마기를 얻은 후부터 스스로의 욕구를 제어할 필요가 없어졌다.

살행을 할수록 혈마기는 더욱 짙어졌고 심마에 빠지면 빠질수록 경지가 더욱 높아져 갔다.

팽하월이 깔끔한 초식으로 도를 휘둘렀다.

광부마인의 혈마강기가 뿜어져 나오며 팽하월의 도기를 먹어치웠다.

팽하월의 얼굴에 절망감이 스쳐 지나갔다.

그녀의 눈에 쓰러져 가는 장로들과 식솔들의 모습이 또렷하게 보였다.

결국 눈을 감으며 마지막으로 온 힘을 다해 도를 휘두르는 그 순간이었다.

콰아아앙!!

팽하월의 꼭 감겼던 눈이 떠졌다.

그리고 경악에 물든 광부마인의 표정을 볼 수 있었다.

광부마인은 그녀의 앞에서 몸을 비틀거리며 검은 피를 토해냈다.

"무, 무슨……?"

팽하월은 도저히 어떻게 된 상황인지 알 수 없었다.

사투 중이었던 팽가의 무인들조차 어떻게 된 상황인지 몰라 두리번거리고 있을 뿐이었다.

어떤 무형지기에 의해 타격을 입은 광부마인은 가슴을 부여잡다가 분노에 일그러진 얼굴로 옆을 바라보며 외쳤다.

"웬 놈이냐!!"

광부마인의 외침에 모두의 시선이 광부마인이 바라보고 있는 곳으로 향했다.

그곳에는 한 사내가 있었다.

사내는 검은 도복을 걸친 채 자신과는 무관하다는 듯 태연하게 서 있었다.

그가 손을 휘두르자 주위에 있던 혈마인들의 몸이 터지며 재조차 남기지 않고 사라졌다.

"무 공자님……?"

사내의 정체는 무생이었다.

무생이 한 걸음 내딛자 그의 뒤로 검은 무복을 입은 자들이 나타났다.

무생신교에서 배출한 고수들로서 무생을 신처럼 떠받드는 충실한 심복이었다.

무생이 금호를 지나올 때 따라온 자들이었다.

"예상대로군."

무생이 그렇게 내뱉으며 하북팽가의 상황을 담담하게 바라보았다.

그 역시 현 무림 사태를 충분히 알고 있었다.

금호에 도달할 때까지 만난 혈마인과 마두의 숫자는 꽤나 많았다.

스스로의 몸은 하나였지만 무생에게는 무생신교가 있었다.

금호의 모든 이가 나서기 시작하자 사천당가 역시 힘을 보태기 시작했고 화산과 무당을 포함한 구파일방 모두가 금호로 모여들었다.

백도무림뿐만이 아니었다.

마교의 정예 역시 무생을 따르고 있었다.

만복금과 홍수희는 하북팽가가 위기에 처할 것과 오대세가를 없애는 데 상당한 힘을 기울일 것이라는 것을 예측했다.

소림사를 봉문시킨 것은 구파일방의 구심점을 없앤 것이었고 오대세가를 멸하는 것은 무림의 세가들을 몰아붙이려는 계획이었다.

"직접 온 보람이 있어."

무생은 광부마인을 보며 그렇게 말했다.

혈마강기를 자욱하게 내뱉고 있는 꼴을 보아하니 직접 찾아온 수고가 헛되지 않았음을 알았다.

독제는 혈고독을 제대로 살펴보기 위해서라도 살아 있는 표본이 필요하다고 했다.

기왕이면 가장 활발한 표본으로 구해달라고 했으니 눈앞에 있는 저 마두가 적합했다.

"웬 놈이냐고 묻지 않느냐!"

"제법 건강해 보이는군. 딱 좋겠어."

"네 이놈!"

광부마인이 도끼를 들며 무생을 노려보았다.

그러나 무생은 여전히 관찰하는 시선으로 그를 바라볼 뿐이었다.

팽하월은 눈물을 펑펑 흘리고 있었다.

그녀가 받은 감동은 이루 말할 수 없었다.

"저자가 염마대제인가."

"네, 아버지."

"과연 무림지존다운 패기로다, 쿨럭!"

팽맹한은 무생을 보며 감탄했다.

보는 순간 아득히 위에 있는 자임을 알아차린 것이다.

진기를 전부 잃어 오히려 심안이 열린 까닭이었다.

목숨이 경각에 달해 있었지만 그의 표정은 편안해 보였다.

여기 있는 그 누구도 염마대제를 당해낼 수 없다는 것을 깨달았기 때문이다.

무생이 한 걸음 내딛자 수하들이 흩어지며 수세에 몰려 있던 하북팽가의 무인 진영에 합류했다.

무생이 딱히 말을 하지 않아도 그들은 알아서 자신들이 할 일을 했다.

"제법 믿는 한 수가 있는 모양이로구나! 하나 이 혈마강기 앞에서는 무용지물인 것을."

혈마강기를 지겹게 본 무생에게는 정말로 한심한 소리로 들렸다.

혈마강기 따위는 전혀 영향을 끼칠 수 없었다.

오히려 광부마인이 무생의 선천지기에 휘말리지 않게 전력을 다해야 할 터였다.

"고통 속에서 죽여주마!"

광부마인이 그렇게 선언하며 달려들었다.

그의 초식은 굉장히 거칠었다.

모든 것을 갈아버릴 듯한 기세가 담겨 있었는데 혈마강기가 그 위력을 더욱 강하게 만들어주었다.

현경의 경지를 밟고 있는 초식이었기에 천하삼절이라 할지라도 방어가 용의치 않을 정도였다.

과거 수많은 백도무림을 도륙한 광부마인의 절기가 무생의 바로 앞에서 펼쳐지기 시작했다.

광부마인은 무생이 심상치 않은 존재감을 뿜어내기는 했지만 자신의 절기를 몸으로 받아내려는 모습을 보자 실소를 머금을 수밖에 없었다.

'어리석은 놈!'

아무리 고수라도 어찌 현경에 이른 자신의 절기를 몸으로 받아낼 수 있겠는가?

천하삼절이라고 할지라도 불가능한 일이었다.

광부마인의 도끼가 무생의 몸에 닿았다.

"어억?!"

광부마인의 손목뼈가 부러지며 도끼가 그대로 하늘 위로 치솟았다.

엄청난 반발력에 의해 손가락뼈가 모조리 박살 나며 흐물거리고 있었다.

"크, 크아아악!"

광부마인은 손을 감싸 쥐고 물러났다.

평소라면 혈마기가 상처를 복구시켰을 테지만 지금은 오히려 점점 상처가 커지고 힘이 빠져나갔다.

무생의 선천지기가 혈마기를 모조리 날려 버리고 광부마인의 몸을 공격하고 있는 것이었다.

광부마인은 그제야 눈앞에 있는 자가 자신이 상대할 수 없는 자임을 깨달았다.

광부마인이 주춤거리며 물러나는 순간 무생은 천천히 주먹을 말아 쥐었다.

"도, 도대체 저, 정체가 뭐요."

"무생."

"무, 무생……?"

광부마인은 무생이라는 이름을 들은 기억이 있었다.

염마지존이라 불리는 천하제일인의 이름이었다.

처음 들었을 당시에는 코웃음을 치며 무시했었다.

백도 무림 전체가 덤벼도 당해낼 수 없다는 소문은 심하게 과장된 것이라 생각했다.

하지만 실제로 보니 결코 과장이 아님을 깨달았다.

무생의 선천지기가 폭사되자 광부마인의 무릎이 절로 꿇렸다.

항거할 수 없는 엄청난 기운에 온몸이 떨릴 지경이었다.

주변에 서 있던 혈마인들은 그대로 무너져 내렸다.

단지 기세의 방출만으로도 몸을 유지할 수가 없었다.

"혀, 혈마강기는 천하무적이라 아, 알고 있거늘!"

광부마인이 처음 혈마기를 접했을 때, 광부마인은 새로운 세계가 열리는 것을 느꼈다.

가히 천하제일의 내공심법이라 생각될 정도로 엄청난 위력을 자랑했던 것이다.

천하삼절이라 할지라도 자신을 당해낼 수 없다고 여겼다.

하지만 눈앞에 있는 염마지존에게는 초라한 불꽃에 지나지 않았다.

"질리는군."

무생은 혈마기, 혈마강기 따위는 지겹게 봐왔다.

때문에 전혀 새로울 것이 없었다. 오히려 너무 익숙해 평범해 보일 지경이었다.

무생의 수하들은 모두 무생이 만든 무공을 익힌 자였다.

기본적으로 혈마기에 대한 저항력이 있어 혈마인들은 그들의 적수가 되지 못했다.

순식간에 상황이 정리되었고 광부마인만이 남았을 뿐이다.

무생록을 전개할 필요는 없었다.

죽지 않을 정도로만 두드려 준 다음 금호로 보낼 생각이었다.

무생의 기세가 심상치 않자 광부마인은 모든 내력을 끌어올리며 저항하려 했다.

"주, 죽어!!"

평정심이 깨진 광부마인의 도끼는 하찮은 휘두름에 지나지 않았다.

애초부터 화경이니 현경이니 하는 것은 무생에게 있어서 장난 놀음이었다.

무생은 눈물을 펑펑 흘리고 있는 팽하월에게 살짝 시선을 두었다가 발악적으로 달려드는 광부마인을 바라보았다.

광부마인이 지척에 달했을 때 드디어 무생의 주먹이 뻗어나갔다.

"커억!"

주먹이 광부마인의 얼굴에 꽂혀 들어갔다.

광부마인의 이가 모조리 빠지며 고개가 뒤로 젖혀졌다.

하나 무생의 주먹은 거기서 끝나지 않았다.

파바바바박!

순식간에 수십 번의 주먹질이 행해졌다.

광부마인이 감지할 수 없을 정도로 굉장한 속도였다.

광부마인의 주요 혈맥이 모조리 박살 나며 근육과 뼈가 가루가 되었다.

그리고 무생의 선천지기가 진기의 흐름을 막아버리고 광부마인을 죽지 않게 유지시켜 주었다.

"끄아아아악!"

막대한 고통이 광부마인을 휘감았다.

생전 처음 느껴보는 끔찍한 고통이었다.

뼈와 근육이 작살나고 혈맥이 뒤틀리는 고통은 광부마인이라 할지라도 감당하기 힘들었다.

그러나 무생의 선천지기가 강제적으로 광부마인의 정신을 더욱 또렷하게 각성시켰고 계속해서 새로운 고통을 느끼게 만들었다.

광부마인은 입에 거품을 문 채 부들부들 떨기 시작했다.

기절할 수 있다면 편하겠지만 절대 그럴 수가 없었다.

그러한 안식은 광부마인에게 허락되지 않았다.

"주, 죽여줘……."

무생이 손짓하자 수하들이 빠르게 다가와 광부마인을 포박했다.

수하들은 광부마인을 관에 넣고는 출발하기 시작했다.

광부마인은 금호로 가는 오랜 시간 동안 끔찍한 고통을 느끼며 지옥 같은 시간을 보내게 될 것이다.

그 후 독제의 손에 떨어지게 되니 더욱 끔찍한 나날을 보낼 터였다.

무생은 가볍게 손을 털며 엉망이 된 팽가를 바라보다 천천히 걸어 팽맹한의 앞에 이르렀다.

그때, 팽하월이 눈물을 흘리며 그에게 안겨 왔다.

"무 공자님……! 흐어엉."

"여전히 울보로군."

무생은 피식 웃으며 팽하월의 머리 위에 손을 얹었다.

부드러운 무생의 표정을 본 순간 팽하월의 얼굴이 달아올랐다.

무생은 전과는 달리 표정이 제법 풍부해졌고 따듯한 분위기가 흘렀다.

팽하월이 처음으로 자상함을 느낄 정도였다.

"크으… 염마지존께 큰 은혜를 입었소."

선천지기를 모두 소모한 팽맹한은 죽어가고 있었다.

팽하월은 죽어가는 그를 보며 어찌할 바를 몰라 했다.

팽하월의 오라비인 팽상일 역시 혈마기에 의해 죽어가고 있으니 팽가 역사상 이런 재앙도 없었다.

"부, 부디 하월이를 부탁하오."

"싫소만……."

무생이 그렇게 말하자 팽맹한의 눈이 크게 떠졌다.

무생은 그 이상 별다른 말 없이 팽맹한에게 선천지기를 쑤셔 넣었다.

그러자 소실된 선천지기가 모조리 채워지며 육체가 순식간에 복구되기 시작했다.

아니, 오히려 전보다 정순한 내력을 가지게 되어 경지가 한층 높아졌다.

"이, 이럴 수가!"

정신이 또렷해지고 전신에 힘이 넘치자 팽맹한의 얼굴이 경악으로 물들었다.

염마지존에 대한 소문은 들었으나 반신반의했던 것이 사실이었다.

하지만 거의 죽어가는 자신을 순식간에 살려내자 염마지존에 대해 경외감이 들었다.

도저히 인세의 의술이 아니었다.

신선술이 있다면 이러할까.

무생은 염강기를 일으켰다.

압도적인 염강기가 주위로 퍼져 나가자 팽가의 모든 이들이 무생을 신처럼 바라보기 시작했다.

특히 팽맹한은 정신적 충격을 받아 심마에 들 뻔했다.

무생은 혈마인을 모조리 없애 버리자 그제야 팽가의 식솔들은 죽어간 자에 대한 눈물을 흘리기 시작했다.

많은 이가 죽었지만 그래도 가문이 유지될 수 있을 정도는 되었다.

무생이 오지 않았다면 광부마인에 의해 전멸당했을 것이다.

"다 처리되었군."

무생이 등장한 것만으로 아무렇지도 않게 팽가의 위기가 정리되었다.

너무나 빠르게 정리가 되자 팽가의 사람들은 마치 꿈을 꾼 것 같은 기분이 들었다.

무생은 팽가의 사람들을 훑어보았다.

많은 이가 상처를 입고 있었고 본가가 반쯤 무너진 덕분에 상당히 난잡했다.

"정리가 필요하겠어."

하북 일대는 무생에 의해 다 정리가 되었다.

급할 것은 없었다.

무생은 홍수희와 만복금을 믿고 있었고 나름대로 혈마인에 대한 대책이 있었다.

백도무림의 미래가 어떻게 되든 딱히 상관은 없었다.

무생이 중요하게 생각하는 것은 자신을 곤란하게 한 자들을 박살 내는 것일 뿐이다.

"할 일이 많겠군."

백도무림이 어떻게 되건 무생과는 상관없는 일이었다.

하지만 할 일이 있다는 것은 제법 괜찮은 기분이었다.

최근 들어 귀찮다는 감정을 느꼈지만 그것조차 신선했다.

"일단……."

무생은 우선 다친 자들을 치료하기로 했다.

본격적으로 치료에 나서기 시작하자 팽하월은 무생에게서 눈을 떼지 못했다.

그에 대한 감정이 더욱더 커져 가기 시작한 것이다.

* * *

무생은 팽가에 자리 잡고 머물면서 다친 자들을 치료했다.

팽가의 사람들뿐만 아니라 하북 일대의 부상자들이 모두

모여 와 인산인해를 이루었다.

무생의 명성은 워낙 대단해 혈마인에게 당한 사람은 물론이고 가벼운 질병이나 중증에 걸린 사람들도 몰려든 것이다.

팽맹한은 의를 중시하는 사람이어서 팽가의 모든 가옥을 개방하고 환자들을 받아들였다.

죽을 위기에서 살아난 팽상일은 무생을 따르며 힘든 일을 마다하지 않았다.

구명지은을 갚기 위해서는 물론이고 무생을 진심으로 존경하며 따르고 있는 것이다.

"아이고! 감사합니다."

"고맙습니다요! 신선님!"

병자들은 무생에게 절까지 하며 고마워했다.

대부분 돈이 없는 가난한 자였다.

무생이 돈을 받을 리 없었고 그저 선천지기를 주입하면 끝나는 병이 대부분이었기에 몰려오는 환자만큼 활력을 되찾아 나가는 사람들 역시 많았다.

그렇다 보니 소문이 빠르게 퍼져 하북 일대의 모든 병자들이 몰려왔다고 봐도 무방했다.

팽상일과 마찬가지로 팽하월은 지극정성으로 무생의 옆에서 그를 도왔다.

팽맹한은 팽하월의 그런 모습을 보며 만족해했다.

언제나 철부지 같았던 딸아이가 이제는 어엿한 여인이 된 것이다.

무생과 상당히 잘 어울려 흡족한 팽맹한이었다.

팽하월이 무생을 진심으로 좋아하는 것으로 보이니 더할 나위 없는 조건이었다.

"역시 내 딸이야. 보는 눈이 출중하군."

"그렇습니다."

팽맹한의 말에 어렸을 적부터 팽하월을 키워온 보모가 맞장구를 쳤다.

그녀는 감격스러운 듯 눈물을 글썽이고 있었다.

다소곳하게 무생 옆에 있는 팽하월은 누가 보더라도 굉장히 아름다웠다.

그러나 무생은 주위의 시선은 신경 쓰지 않고 묵묵히 환자를 치료할 뿐이었다.

"많군."

무생은 끝도 없이 밀려드는 환자들을 보며 중얼거렸다.

세상에는 이토록 많은 사람이 아파하고 있다.

딱히 혈마인이 아니더라도 이 사람들은 죽음에 가까이 살며 제대로 수명을 지킬 수 없을 것이다.

당장 내일 죽을지도 모르는 사람들에게 혈마인 따위는 결코 두려워할 것이 아니었다.

이 근방에 혈마인이 남아 있을지 모르는데 이들은 그것을 걱정조차 하지 않고 팽가로 몰려든 것이다.

무생은 죽음을 바라고 있지만 이곳의 모두는 조금 더 살기를 원하고 있었다.

'무엇이 이들을 이토록 필사적으로 만드는 것인가?'

무생은 진지하게 고민하기 시작했다.

검노는 늘 죽으려 하는 자신을 만류하며 살아가기를 바랐다.

지금 곁에 검노가 있었다면 속 시원히 해답을 내려줬을지 몰랐다.

저들이 가지고 있는 필사적인 마음을 자신 역시 가질 수 있게 될지 몰랐다.

어쩌면, 무생록을 완성시킨다면 죽음을 원하는 것이 아니라 생을 원하게 될지도 모르는 일이었다.

'재미있군.'

그 끝을 모르기에 무생은 기대가 되었다.

솟구치는 강한 흥미가 그토록 바라는 죽음마저 압도하고 있었다.

무생은 잠시도 쉬지 않고 끊임없이 환자들을 치료했다.

옆에서 거드는 팽하월이나 팽상천이 먼저 나가떨어질 만

큼 무생은 단 한순간도 쉬지 않았다.

그런 모습에 많은 이가 감탄했고 존경 어린 표정으로 바라보았다.

특히 팽맹한은 고개를 끄덕이며 무생을 진정한 고금제일인으로 인정할 수밖에 없었다.

과거에도 없었고 미래에도 존재하지 않을, 진정으로 강한 천하제일인이었다.

밤이 깊어질 때쯤 몰려온 환자들을 모두 돌볼 수 있었다.

무생은 어린 소년에게 선천지기를 불어넣었다.

창백했던 표정이 금세 건강해졌고 오랫동안 앓고 있던 질병이 씻은 듯 나았다.

소년의 모친이 눈물을 흘리며 고마움에 어찌 할 바를 몰라 했다.

그녀는 보답을 하고 싶었지만 무생은 손을 휘저을 뿐이었다.

팽하월은 잔뜩 지친 와중에도 그 모습을 보며 미소를 지을 수 있었다.

팽상천이 팽하월을 응원하며 슬쩍 빠져준 덕분에 환자들이 모두 물러간 지금 단둘이 남을 수 있었다.

"이제 그만 쉬시지요."

팽하월이 무생에게 말했다.

무생은 대답을 하지 않은 채 고개를 돌려 전경을 바라보았다.

달빛 아래 보이는 팽가의 장원은 복잡했다.

팽가의 큰 장원에는 천막들이 빼곡하게 들어서 있었기 때문이다.

오갈 데 없는 환자들이 누워 있었는데, 죽어 나가는 자는 단 한 명도 없었다.

팽맹한은 가난한 이들을 일꾼으로 쓰며 그들이 먹고 살 수 있는 방도를 내주었다.

협을 위해 무공을 쓴다는 팽가다운 일이었다.

"다들 살기 위해 먼 곳에서 온 자다. 곪은 다리로 천 리를 걸어온 자도 있고 아이를 안은 채 목숨을 걸고 온 여인도 있었다."

"저도 보았습니다. 무 공자님께서 모두 치료해 주셨잖아요."

팽하월은 따듯한 눈길로 무생을 바라보았다.

무생과 함께 있으면 철부지였던 자신의 과거가 늘 부끄러웠다.

처음 만날 때만 해도 그녀는 세상을 모르는 그저 콧대 높은 아가씨였다.

무생에게 그러한 모습을 보였다고 생각하니 고개를 들 수 없을 지경이었다.

"살기 위해 죽음보다 더한 고통을 이겨내며 온 자도 있었다. 무엇이 그들을 그토록 필사적이게 만든 것인지 아느냐?"

팽하월은 무생을 바라보며 아름다운 미소를 그렸다.

얼마 전 자신이라면 대답할 수 없었을 것이다.

하지만 지금의 팽하월은 환자들을 이해할 수 있었다.

자신 역시 그토록 필사적이었기 때문이다.

"위하는 마음 때문이지 않을까요? 자신보다 소중한 존재가 있다면 누구나 그렇게 할 수 있을 거예요."

"자신보다 소중한 존재라……."

보통 사람들은 쉽게 이해할 수 있는 말이었지만 무생에게는 좀처럼 와 닿지 않았다.

자신은 보통 사람이 가지고 있는 결정적인 무언가가 없었다.

그것을 지니지 않았기에 그러한 마음을 이해하는 것은 힘들었다.

"아버지가 그러셨죠. 자신을 소중하게 생각하지 않으면 남의 마음을 이해할 수 없다고. 저도 오늘에서야 조금 알 것 같아요."

무생은 잠시 팽하월을 바라보았다.

철부지였던 소녀가 어엿한 여인으로 성장해 있었다.

사람이 바뀌는 것은 순식간이었다.

무생은 늘 정지된 것만 봐왔기에 팽하월의 성장이 제법 신선하고 기특했다.

팽하월의 말에 무생은 자신에게 없는 것이 무엇인지 알 수 있었다.

무생은 스스로를 아끼지 않았다.

무수한 세월 속에 닳아 없어져 버린 것이다.

스스로 죽기 위해서 사는 자가 어떻게 자신을 아낄 수 있단 말인가.

무생은 깊은 숨을 내쉬며 고개를 저었다.

그에게는 세상이 늘 쉬워 보였다.

단순히 한 걸음 내딛는 것만으로 모든 것을 얻을 수 있었다.

하지만 지금의 무생은 처음으로 어렵다고 느꼈다.

어려운 것에 흥미가 생겨야 하지만 막막함이 느껴졌다.

"어렵군."

팽하월은 살짝 놀라며 무생을 바라보았다.

무엇이든지 쉽게 이룰 수 있을 것 같은 염마지존이 그렇게 말했기 때문이다.

"날이 춥군. 들어가서 자거라."

"떠나실 건가요?"

무생은 고개를 끄덕였다.

세상에서 혈마인이라는 존재 자체를 뿌리 뽑을 작정이었다.

그리고 혈교의 뒤를 이어 미쳐 날뛰는 흉수 역시 빠르게 제거할 생각이었다.

무림의 모든 일이 정리되면 본격적으로 무생록을 완성하는 여정을 시작할 것이다.

"조금 시끄럽겠군."

그리 오래 걸리지는 않을 것이다.

무생이 하고자 한다면 말이다.

오랜만에 자신의 신경을 건드렸으니 그에 맞는 대가를 치러야 할 것이다.

"다시 만난다면 그때는 보내드리지 않을 거예요."

팽하월의 말에 무생은 그녀를 바라보다가 살짝 웃어 보였다.

그녀의 마음을 받아줄 수는 없었으나 따듯한 기분은 충분히 전해졌다.

무생은 어쩌면 이러한 감정이 살아간다는 것인지도 모른다고 생각했다.

"건강하거라."

무생은 오랫동안 앉아 있던 자리에서 가볍게 일어났다.

무림에서 많은 것을 얻었다.

그리고 잃고 나서야 가지고 있었다는 것을 깨달은 적도 많았다.

이제는 모든 것을 끝낼 때였다.

第二章

고통

제갈미현은 무생이 하북에 나타났음을 알고 있었다.

무생신교를 중심으로 구파일방, 사파, 그리고 마교가 모여들어 대항하고 있었다.

혈고독으로 입신의 경지에 든 마두들이 있다고는 하나 무림 전체를 당해내는 것은 무리였다.

전성기에 이른 혈교 역시 무림의 절반을 피로 물들였지만 지배하지는 못했고, 반백 년을 기다려 온 혈마존 역시 실패했다.

제갈미현의 궁극적인 목표는 무림이 아니었다.

무림은 단순히 따라오는 결과물일 뿐이었다.

제갈미현은 거대한 황궁을 내려다보며 입맛을 다셨다.

실질적인 주인은 저 황궁에 있는 황제였다.

저 거대한 황궁에서 내려다보는 천하는 얼마나 작을까?

제갈미현은 가장 높은 곳에 올라 손가락으로 개미를 눌러 죽이듯 구방일파와 무림 전체를 말살하고 싶어 했다.

천하통일 같은 야망은 없었다.

단지 마음대로 주무르고 싶어 할 뿐이었다.

눈에 들어오는 모든 것을!

"호호호, 내가 황궁에 올 줄이야. 출세했군."

"모두가 주군의 은총일세, 허허."

"황제 놈의 엉덩이를 때리는 것이 꿈이었는데 잘되었어."

충실한 수족이 된 마두들이 제갈미현의 뒤에 섰다.

소림사는 물론이고 무림 각지에 수감되어 있던 마두들이 모두 혈고독으로 인해 제갈미현의 수족이 된 것이다.

모든 것이 제갈미현의 지배하에 있기 때문에 그녀를 위해서라면 죽는 시늉뿐만 아니라 죽어야 했다.

"히, 히히히히."

모용천이 미친 웃음을 뱉어냈다.

그 모습을 보고 눈살을 찌푸린 것은 마두들이었다.

그들이 보기에 모용천은 제갈미현이 기르는 미친 애완동물에 지나지 않았다.

모용천이 그들의 앞에서 무력을 드러낸 적이 없기에 마두들은 그를 그저 미친놈으로 보며 대놓고 무시하고 있었다.

제갈미현이 한 걸음 내딛자 모용천이 그녀를 안아 들고 날아올랐다.

모용천의 눈에 섬뜩한 빛이 스치고 지나갔지만 제갈미현은 미처 알아차리지 못했다.

완벽히 자신의 통제 하에 있다고 생각하고 있었기 때문이었다.

황궁의 삼엄한 경비는 이미 구멍이 뚫려 있었다.

독곡에서 개발한 혈고독은 번식이 빠르고 좁쌀만 한 크기라 그 존재를 알아차릴 때쯤이면 이미 뇌 깊은 곳에 자리를 잡은 후였다.

금의위는 제갈미현의 노예가 된 지 오래였기에 황궁 경비에 구멍이 뚫리는 것은 당연했다.

황제가 기거하는 대전에 도착하자 경계를 하고 있던 금의위들이 검을 뽑아 들었다.

"웬 놈들이냐! 감히 여기가 어느 안전……."

서걱!

검에 능통하다고 알려진 사마일검이 혈강기를 일으키며

금위 둘을 베어 넘겼다.

단단한 갑옷을 가볍게 가르고 육체가 두 동강 나 그대로 바닥에 떨어졌다.

절정에 이른 고수들이었지만 혈강기를 온전히 완성한 사마일검의 상대가 되지는 못했다.

제갈미현은 마치 황후라도 된 것처럼 대전의 앞에 내려섰다.

대전에서 많은 금위들이 뿜어지듯 나와 제갈미현과 마두들을 둘러쌌다.

금위대장은 감히 황궁에 침입한 반역무리를 가소로운 눈으로 바라보았다.

이곳까지 도달할 수 있었던 것은 천운이 분명했다.

지금쯤이면 황궁을 수호하고 있는 수많은 병력이 몰려와 주위를 빼곡하게 만들 것이 분명했다.

분명 그럴 터였다.

"위명이 자자하신 금위대장이시군요. 무슨 문제라도 있으십니까?"

"감히 어느 안전이라고 입을 놀리는가! 천하의 주인이신 황제 폐하께서 기거하시는 곳이거늘! 무림의 역적패당이 잘도 몰려왔구나!"

금위대장의 살벌한 외침에 대기가 진동하고 땅이 울릴 지경이었다.

과연 황궁에서 가장 뛰어난 실력을 지녔다는 명성은 결코 거짓이 아니었다.

무림에 나온다면 천하십절에는 족히 들고도 남을 정도일 것이다.

이러한 고수뿐만 아니라 수많은 금위병과 어마어마한 숫자의 병력이 황궁을 지키고 있는데 감히 누가 침범할 수 있단 말인가.

그야말로 천자(天子)가 기거하는 곳이었다.

하지만 제갈미현이 얼굴에 진한 미소가 그려질수록 금위대장은 불길한 느낌을 받았다.

누군가의 공조 없이는 이곳까지 도달할 수 없을 것이다.

무공이 아무리 뛰어나다고 해도 인간의 힘으로는 한계가 있는 법이었기 때문이다.

저들이 대전 앞에 모습을 드러냈지만 주변은 기이하게 조용했다.

마치 시간이 멈춘 것 같은 느낌이 들 정도였다.

제갈미현이 천천히 걷자 오히려 금위들이 주춤거리며 물러났다.

주변에 서 있는 마두들이 내뿜는 혈강기는 금위들을 압도적으로 밀어붙이고 있었다.

사악한 혈강기의 기운에 금위대장은 생전 처음으로 두려움을 느꼈다.

그가 전신 내력을 끌어 올릴 때였다.

"무언가 이상하시죠?"

제갈미현이 여유가 느껴지는 목소리로 말했다.

"컥."

갑자기 진기의 흐름이 끊기고 검은 피가 입에서 뿜어져 나왔다.

금위대장은 비틀거리면서 검을 바닥에 박아 넣고 간신히 버텨 섰다.

단전이 파괴되는 듯한 고통을 느끼면서도 결코 쓰러지지 않았다.

"커억!"

"무, 무슨! 컥!"

금위대장의 직속 부하들도 모두 가슴을 움켜쥐며 바닥에 쓰러졌다.

당황하기 시작한 것은 주위를 둘러싼 금위병들이었다.

주둔 병력이 몰려오는 소리가 들리지 않는 지금, 금위대장이 갑자기 고통에 비틀거리고 있다.

상황이 이러한데 혼란을 느끼지 않는 편이 이상할 것이다.

제갈미현이 손짓하자 쓰러진 금위병의 몸에서 핏빛 기운이 솟구쳐 올랐다.

한 차례 몸을 부르르 떨던 그들은 주춤거리면서 일어나 검을 들며 제갈미현의 앞에 무릎을 꿇었다.

"네… 년! 무슨 짓을……!"

"사람의 욕심은 끝이 없죠. 더 가지려고 발버둥 치다가 목숨을 구걸하는 꼴을 많이 봤어요. 고위 관리들도 다르지 않더군요."

제갈미현이 손을 뻗자 바닥이 진동했다.

깔끔하게 다듬어진 황궁의 돌바닥이 울리더니 엄지손가락만 한 벌레들이 솟아오르기 시작했다.

보통 고독은 숙주의 몸 밖에서는 활동을 하지 못하지만 제갈미현은 제갈세가의 지식과 혈교의 지식을 총동원해 새로운 형태의 고독을 만들어내는 것에 성공했다.

수백 년 쌓인 독곡의 수법 역시 많은 도움을 주었다.

땅 밑에서 번식하여 음식과 식수에 알을 까고 아무도 모르게 몸 안으로 들어와 자라는 혈고독이었다.

현경에 이른 고수라도 혈마기에 대한 저항력이 없다면 피해갈 수 없었다.

금위대장은 자신의 발을 덮어버린 끔찍한 벌레들을 보며 몸을 떨었다.

황후에게 요즘 들어 기이한 벌레를 보았다는 말을 들었을 때 대수롭지 않게 생각했었다.

황후가 발견할 정도라면 저 끔찍한 벌레들이 황궁 전체에 퍼졌다고 해도 무방할 것이다.

금위대장은 그제야 아직까지도 조용한 황궁의 상황이 이해가 되었다.

"하늘이 두렵지 않느냐!"

"어째서 두려워해야 하는 거죠?"

제갈미현은 진심으로 궁금하다는 듯 금위대장을 바라보다 손을 들었다.

그러자 금위병들이 고통에 몸부림치기 시작했다.

혈고독에 감염되지 않은 금위병들을 향해 검을 휘두르며 말이다.

"사람의 모든 것은 뇌에서 나와요. 뇌를 장악하면 볼 수 있는 것을 못 보게 할 수도 있고, 들을 수 있는 것을 못 듣게 할 수도 있죠."

"커억!"

황궁은 혈고독을 번식시킬 수 있는 최적의 장소였다.

혈마기에 민감한 백도무림 무인들도 없고, 모든 것이 구비되어 있는 공간이었다.

감히 무림인 따위가 황궁에 침범할 수 있으리라고는 그 누구도 생각지 않았다.

구파일방의 수장이라고 하더라도 그들 역시 이 나라의 백성이었다.

제갈미현이 눈앞에 있는 거대한 대전을 향해 걷기 시작하자 혈고독에 장악당해 이성이 마비된 금위병들이 물러났다.

"과연 대단하시구려! 허허허! 미리 준비해 놓았다는 말이 이 뜻이었군!"

사마일검은 감탄하며 고개를 끄덕였다.

바닥에 꿈틀거리는 수많은 혈고독은 사람의 선천지기를 먹어치우며 혈마기를 만들어냈다.

이보다 끔찍한 광경은 없을 것이다.

"금위대장, 잘 보시구려. 하늘이 내린다는 황제가 어떤 꼴을 당하는지."

주먹 하나로 수많은 나한을 죽인 흑악사권이 금위대장을 비웃으며 말했다.

아직까지 황궁의 전부를 장악한 것은 아니었지만 이제 곧 혈고독에 의해 모두가 충실한 인형이 될 것이다.

무림뿐만 아니라 천하가 두려움에 떨어야 할 상황이었다.

"모용천."

"히, 히히이이!"

"황제를 끌어내. 다 죽이고."

제갈미현의 말에 모용천의 몸에서 압도적인 혈마강기가 뿜어져 올라왔다.

기존의 혈마강기를 압도하는 전혀 새로운 경지의 기운이었다.

마치 염마지존의 끝없는 내력을 보는 듯한 느낌이 들었다.

혈마강기 자체가 된 모용천이 바닥을 가르며 대전으로 돌진했다.

혈고독에 잠식당한 수많은 금위병이 가루가 되어 모용천에게로 흡수되었다.

금위대장은 그 광경에 입을 다물 수 없었다.

"꺄아아악!"

"사, 살려줘!!"

대전에서 비명 소리가 들렸다.

많은 시녀와 내시가 모용천에 의해 잔인하게 도륙당하기 시작했다.

모용천은 마치 놀이처럼 도망가는 이들을 잡아 찢어발기거나 선천지기를 섭취했다.

모용천의 힘은 계속해서 강대해져 갔다.

그는 문득 광인처럼 보이는 웃음을 지우고는 저 멀리 서 있는 제갈미현을 바라보았다.

그의 정신이 멀쩡한 것을 아직 제갈미현은 모르고 있었다.

'가증스러운 년. 언제까지 나를 지배할 수 있을지 두고 보겠다. 흐흐.'

미색은 출중하니 괜찮은 놀잇감이 될 것이다.

모용천은 시녀들을 도륙하며 황제를 찾았다.

황제는 이 세상에서 가장 호화로운 침실에 누워 눈을 동그랗게 뜬 채로 자신을 바라보고 있었다.

"아, 아무도 없느냐!!"

있을 리가 없었다.

모용천이 눈에 띄는 모두를 먹어치웠기 때문이다.

모용천은 끊임없이 솟아오르는 자신의 힘에 만족하고 있었다.

지금이라면 그 누구한테도 지지 않을 것 같았다.

무생이라 할지라도 이길 자신이 있었다.

"흐, 흐흐흐!"

모용천은 다시 광인의 웃음을 내뱉으며 황제의 목을 손을 뻗어 잡았다.

"가, 감히 짐의 옥체에!"

모용천은 더 들을 것도 없다는 듯 황제를 질질 끌며 제갈미현에게 다가갔다.

황제가 치욕을 당하는 모습은 금위대장에게 큰 충격을 주었다.

"폐, 폐하!"

무능한 황제라는 소문이 파다하지만 그래도 그 근본은 나쁘지 않아 백성의 원망을 사고 있지는 않았다.

모용천은 황제를 제갈미현의 앞에 던지고는 뒤로 물러났다.

"안녕하신가요? 폐하."

"네, 네년! 감히 짐에게 이런 치욕을……!"

제갈미현은 자신을 올려다보는 황제의 머리를 발로 밟았다.

황제는 솟아오르는 분노에 몸을 떨었다.

황제의 머리를 밟고 있는 제갈미현은 기분이 좋은 듯 아름다운 미소를 지었다.

아직 혈고독에 감염되지 않은 금위병들은 그 광경에 넋을 잃을 수밖에 없었다.

감히 올려다볼 수도 없는 지고한 황제가 천한 무림의 여인의 발에 밟힌 채 발버둥 치고 있는 것이다.

"네년!!"

금위대장이 제갈미현을 향해 달려들었다.

검을 빠르게 들어 내려치려 했지만 제갈미현의 머리 위에서 그대로 굳어버렸다.

손에 힘이 들어가지 않았다.

마치 누군가 조종하는 것처럼 육체가 통제를 따르지 않고 있는 것이다.

금위대장의 검이 부들부들 떨렸다.

제갈미현은 황제의 머리를 더욱 강하게 밟으면서 금위대장을 바라보고 웃었다.

"찌르도록 하세요."

제갈미현이 그렇게 말하자 금위대장의 검이 누워 있는 황제의 다리를 향해 뻗어갔다.

"끄아아악!"

황제의 허벅지가 꿰뚫렸다.

금위대장은 스스로 황제를 찔렀다는 충격에 검을 놓쳤다.

"이제 같은 반역자네요."

제갈미현은 웃으며 금위대장을 바라보다가 황제에게로 시선을 옮겼다.

황제는 고통에 몸부림치며 제갈미현을 노려보았다.

제갈미현이 손을 뻗자 거대한 고독 한 마리가 제갈미현의 손으로 날아왔다.

제갈미현이 손짓하자 마두들은 비릿한 웃음을 지으며 황제를 일으켜 세웠다.

그리고는 강제로 입을 벌리게 했다.

"으, 으아악!"

제갈미현의 손에서 꿈틀거리는 고독은 굉장히 징그러웠다.

보는 것만으로도 비위가 상할 지경이었다.

제갈미현은 고독을 무척이나 사랑스럽다는 듯 바라보다 황제의 벌린 입을 향해 천천히 가져갔다.

"우, 우우우웁!"

황제는 몸부림쳤지만 마두들의 힘에 반항조차 할 수 없었다.

"좀 더 끔찍한 세상이 될 거예요. 난 그게 좋거든요."

제갈미현은 진심으로 끔찍한 세상이 되기를 바랐다.

세상에게 버림받는 느낌이 어떤 것인지 모두에게 알려주고 싶었다.

그리고 그 끝에 남아 있을 무생을 온전히 가지고 싶었다.

그의 고통 어린 표정을 보며 완전히 지배하고 싶은 것이다.

황제의 입 안에 혈고독이 들어갔다.

황제는 자신의 목을 부여잡다가 몸을 부르르 떨었다.

혈고독이 뇌 속으로 완전히 파고들어 그의 정신을 먹어치우기 시작했다.

황제는 한참을 그렇게 괴로워하다가 천천히 몸을 일으켰다.

창백한 피부와 일그러진 얼굴은 확실히 예전 황제의 모습이 아니었다.

"아무 문제 없지요?"

황제는 고개를 끄덕이며 위엄 넘치는 표정을 지었다.

"모두 물러가거라. 오늘은 기쁜 날이니 연회를 준비하거라!"

황제는 아무 일도 없다는 듯 찢겨 죽은 시녀들과 신하들 사이를 걸어가며 기쁘게 미소 지었다.

"이제 어쩌실 생각이십니까?"

사마일검이 제갈미현을 향해 물었다.

제갈미현은 미소를 지우지 않으며 입을 떼었다.

"모두에게 고통을 알려줄 생각입니다. 그 편이 공평하잖아요?"

제갈미현의 목적은 단지 그것뿐이었다.

사마일검은 섬뜩함을 느꼈다.

무림을 일통한다거나 대륙을 차지한다는 그런 야망은 찾아볼 수 없었다.

사마일검이 본 제갈미현은 어딘가 망가져 있었다.

자신의 의지를 표현하는 방법을 그런 식으로 찾고 있는 것이다.

하나 그와 비례하게 제갈미현의 대답이 진심으로 마음에 드는 사마일검이었다.

"즐거운 일이 될 것 같습니다, 주군."

"역시 그렇지요?"

제갈미현은 빙긋 웃으며 시체 사이를 걸었다.

화려한 궁전을 향해 걸어가며 지금 이 상황을 즐겼다.

다음 날, 황후가 시해되고 황실의 첩들이 반역 모의를 한 죄로 모조리 참수되었다.

그리고 새로운 황후가 모습을 드러냈다.

반발하는 세력은 소리 소문 없이 고통 속에서 죽었고 황궁의 모든 것은 혈마기에 의해 조용히 장악당하고 있었다.

모용천은 그 속에서 새로운 야망을 꿈꾸기 시작했다.

제갈미현이 차지한 것은 속박에서 벗어난 순간 자신이 모두 가지게 될 것이다.

"흐흐……."

모용천은 어느 때보다도 끈기 있게 기다리고 있었다.

타오르는 복수가 그를 성장시키고 있다는 것은 본인 스스로도 모르고 있었다.

*　　*　　*

무생은 금호로 복귀했다.

팽하월은 울먹였지만 다음을 기약하며 웃는 얼굴로 무생을 보내주었다.

당장 팽가에 닥친 일을 수습하기도 바빴다.

이번 일을 계기로 하북의 진정한 명가로 거듭나고 있는 팽가였다.

금호에는 많은 이가 몰려와 있었다.

구파일방의 각 대표들과 마교, 그리고 사파의 인원들까지 몰려와 혈마인에 대한 대책을 세우기 시작했다.

이미 제갈미현이 배후라는 것은 밝혀진 지 오래였고 무림맹은 그 긴 역사를 뒤로하고 완전히 해체되어 버렸다.

무생이 금호에 들어서자 많은 이가 환호하며 그를 맞이했다.

무생이 하북에서 보여준 업적은 무림인들의 마음에 불꽃을 지피기에 충분했다.

무생이 있다면 절대 패할 일이 없고 혈교를 박살 냈던 것처럼 지금의 위기 역시 극복할 수 있을 거라는 믿음이 있었다.

"오셨군요."

홍수희가 무생의 앞에 다가와 공손하게 인사했다.

그 뒤에서 만복금의 모습이 보였다.

만복금은 꽤나 수척해졌는데 그동안 그가 처리한 일이 얼마나 방대한 양인지 알려주는 모습이었다.

"주군, 생각보다 상황이 심각합니다."

모여든 무림인의 숫자는 많지 않았다.

마두들에 의해 많은 명문 정파가 멸문했고 구파일방도 큰 피해를 입었다.

소림사가 봉문했고 종남이 멸문당했다.

구파일방은 지금 제대로 힘을 쓸 수가 없었다.

내부에서 연이어 일어난 배신 덕분에 상황을 수습하기에도 벅찰 지경이었다.

그런 와중에 혈마인이 습격하니 많은 피해를 입을 수밖에 없었다.

모든 것이 제갈미현의 완벽한 농간이었다.

내부를 수습하는 와중에도 금호에 제자들을 보낸 것은 이번 일을 좌시하지 않겠다는 구파일방의 의지였다.

"제갈미현이 있는 곳을 알아냈느냐?"

"조용한 곳에서 말씀드리겠습니다."

홍수희는 무생의 물음에 주위를 살피다가 그렇게 대답했다.

무생은 고개를 끄덕이며 홍수희의 뒤를 따라갔다.

무금성의 깊숙한 곳까지 들어온 홍수희는 수하들을 모두 물렸다.

지금 이 자리에는 홍수희와 만복금, 그리고 무생밖에 없었다.

"황궁에 심어 놓은 자들이 기이한 전갈을 보내왔습니다."

"황궁?"

홍수희가 황공을 언급하자 무생은 그녀를 바라보았다.

황궁이라면 나라님이 살고 있는 장소였다.

무수한 세월을 버티면서 무생은 황제라 불리는 자들을 본 적이 있었다.

그러나 그들 모두는 권위에 취한 자였다. 그다지 좋은 기억은 없었다.

"새로운 황후가 등장했다더군요. 제갈미현과 똑같은 얼굴의."

홍수희는 새로운 황후가 제갈미현임을 확신하고 있었다.

이제 더 이상 무림만의 일이 아니게 된 것이다.

제갈미현이 무슨 음모를 꾸미고 있든 황궁에서 나서게 된다면 무림은 쑥대밭이 될 것이다.

"혈고독으로 황제를 조종하고 있을 가능성도 배제할 수 없겠군요."

만복금이 그렇게 말했다.

제갈미현이 독곡에서 혈고독을 대량 생산했다는 사실은 홍수희와 만복금 역시 알고 있었다.

하지만 구체적으로 어떻게 혈고독을 변화시켰는지, 어느 정도의 수준으로 진화했는지는 알 수 없었다.

만약 우려한 사태가 일어났다면 혈고독은 역사상 가장 강력한 무기로 자리매김할 것이다.

"구방일파를 노린 척한 것은 연막작전이었습니다. 설마 황궁을 장악하려 할 줄은……."

홍수희는 자책했다.

구파일방에 혈고독을 심어 놓고 혼란스럽게 만든 것은 황궁을 노리는 의도를 감추기 위한 연막작전이었던 것이다.

홍수희는 지략 대결에서 자신이 밀렸음을 알고 스스로 자책하고 있었다.

무림 전체가 제갈미현에게 농락당한 것이다.

"황궁 전체가 적이 되었다고 생각해야 합니다. 십만이 넘는 병력이 무림을 초토화시킬 수도 있습니다."

홍수희의 냉정한 말에 만복금은 신음성을 흘렸다.

무생은 그저 담담히 고개를 끄덕일 뿐이었다. 상대가 십만이든 백만이든 그것은 무생에게 있어서 아무런 차이도 아니었다.

무림에 나오기 전까지만 하더라도 별다른 신경을 쓰지 않았을 것이다.

하지만 지금은 달랐다.

그의 마음속에 들어온 이들이 죽는 것을 원치 않았다.

"그렇군."

무생은 담담히 말했다.

혈마인이 나타났다는 소리가 없는 것을 보면 제갈미현이 황궁에 있는 것은 확실할 것이다.

무림을 간단히 쓸어버릴 수 있는 병력이 혈마인화되어서 진군한다면 무림은 물론이고 천하 자체가 깨끗하게 쓸려 버릴 수도 있었다.

무생은 가만히 눈을 감았다.

득도촌의 노인들은 자신이 존재하는 이유가 있을 것이라 말하곤 했다.

언젠가 그 이유가 나타나고 모든 것을 깨달을 때가 온다고 말이다.

'내가 존재하는 이유…….'

무생은 이제 그 이유를 알 것 같았다.

혈마존과 겨루었을 때도 느끼지 못했던 것을 지금에서야

느끼고 있는 것이다.

자신이 무림에 나온 이유는 죽기 위해서였지만, 어찌 보면 이러한 사태를 막기 위해서 존재하는 것인지도 모른다.

"주군……."

홍수희가 창백한 표정으로 무생을 바라보았다.

만복금도 마찬가지였다.

무생은 눈을 떴다.

그들의 걱정스러운 마음이 충분히 무생에게 전해졌다.

"걱정하지 말거라."

무생의 한마디에 홍수희와 만복금은 안심이 되는 것을 느꼈다.

단지 한마디만 들었을 뿐인데 모든 것이 잘되리라는 확신이 생긴 것이다.

"내가 막을 터이니."

무생은 그렇게 말하며 등을 돌렸다.

숫자가 십만이든 백만이든 상관없었다.

그들이 금호를 멸하기 위해서 온다면 무생은 그들을 작살내고 황궁을 없애 버릴 것이다.

"제갈미현인가……."

그녀의 이름은 그렇게 거슬리지 않았다.

이런 음모를 꾸민 여자이지만 말이다.

무생이 신경 쓰고 있는 것은 제갈미현이란 이름 밑에 가려진 모용천이었다.

그와의 악연이 아직 끝나지 않았음을 무생은 알 수 있었다. 저절로 주먹이 쥐어졌다.

"배가 고프지 않느냐?"

"네?"

무생이 웃으며 그렇게 묻자 홍수희는 살짝 멍한 표정을 지었다.

자연스럽게 웃는 무생의 모습은 홍수희도 자주 볼 수 없는 광경이었다.

"그러고 보니 그렇군요."

"오랜만에 형님께서 직접 만드시는 것입니까?"

무생은 그들을 바라보다가 고개를 끄덕였다.

"천하가 어떻게 되든 일단 한 끼 식사부터 해결해야겠지."

무생의 말에 홍수희와 만복금은 고개를 끄덕였다.

"기왕이면 모두가 먹을 수 있게 해야겠어. 준비할 수 있겠나?"

"당연합니다. 걱정하지 마십시오."

만복금은 전혀 문제가 안 된다는 듯 그렇게 말했다.

어마어마한 부를 축적한 만복금이니 그 정도는 돈을 쓰는 느낌조차 나지 않을 것이다.

*　　*　　*

금호에 거대한 솥이 등장했다.

무생이 직접 요리를 시작하자 많은 이가 몰려왔다.

천하제일인인 염마지존을 볼 수 있는 기회는 흔치 않을뿐더러 요리를 얻어먹을 수 있는 기회는 평생 없을 것이다.

남녀노소 할 것 없이 금호에 있는 모든 이가 몰려들었다.

홀로 하기에는 많은 양이었으나 무생에게는 해당되지 않았다.

선천지기를 모두 개방한 덕분에 염강기마저 솟구치고 있었다.

잔상을 그리며 사라졌다가 나타나는 무생의 모습에 모든 무림인이 감탄하며 존경의 눈빛을 보냈다.

나라에서 무림을 칠 것이라는 소문이 퍼져 나갈수록 무림인들은 금호로 몰려들었다.

때문에 지금 금호에는 정파, 사파, 마교 할 것 없이 모든 무림인이 몰려 있었다.

무림의 중심이라 칭하기에 충분한 무생신교, 그리고 천하제일인 무생은 무림을 하나로 모으고 있었다.

그저 무생이 존재하는 것만으로도 무림인들은 그를 의지하고 있었다.

무생이 손을 놓고는 만복금을 바라보았다.

만복금은 고개를 끄덕이며 수하들을 불러 요리를 나눠주게 했다.

연회 분위기는 아니었다.

무림 자체가 사라질지도 모르는 위기 상황이었기 때문에 분위기는 전체적으로 가라앉아 있었다.

"어쩔 생각인가?"

등을 돌려 무금성으로 돌아가는 무생의 앞에 독제가 나타났다.

구파일방과 오대세가에서는 후를 도모할 수 있게 핵심 인물들을 모두 금호로 보냈다.

마교의 소교주나 마화도 금호로 오고 있었다.

모두 자리를 피하지 않은 것은 설사 멸문이 되더라도 저항하겠다는 의지 덕분이었다.

"끝을 봐야겠지."

"나라를 상대로 싸울 생각이군."

독제의 표정이 어두워졌다.

정규 병력을 상대하는 것은 절망에 가까운 일이었다.

개인의 무력은 무공을 익힌 무림인들이 월등했지만 싸움

과 전쟁은 달랐다.

게다가 제갈미현에게 조종을 받는다면 전쟁이 아닌 학살이 될 것이다.

"내가 막도록 하겠소."

"무슨 말인가?"

"얌전히 금호에서 방비를 하고 계시오."

무생이 독제에게 아무렇지도 않은 목소리로 말했다.

독제는 홀로 한 나라의 병력을 막겠다는 무생의 말에 몸에 전율이 일었다.

아무리 염마지존이라도 무리인 것 같았지만 왠지 무생이라면 할 수 있을지도 모른다는 생각이 들었다.

"제갈미현은 이곳을 노릴 것이오. 아무래도 나를 신경 쓰고 있는 것 같으니 말이오."

"방비를 단단히 해야겠군. 금호가 밀리게 된다면 그다음은 무림 전역이 될 것이니 말일세."

무생은 고개를 끄덕였다.

제갈미현은 제일 먼저 금호를 없애 버리려 할 것이다.

그리고 모용천이 모습을 드러낼 것이다.

"자네가 있어서 정말 다행이네. 하늘은 아직 우릴 버리지 않았어."

독제의 말에 무생은 살짝 웃고는 등을 돌렸다.

조용한 분위기의 금호를 잠시 바라보다가 신법을 전개해 그대로 사라졌다.

독제는 무생이 있던 자리를 바라보다가 길게 숨을 내쉬었다.

“해야 할 일이 있어 다행이군.”

금호를 지키는 것.

그것이 이곳에 있는 모든 무림인이 해야 할 일이었다.

第三章
전쟁

제갈미현은 빠르게 황궁을 장악했다.

황후를 잔인하게 죽이고 모두가 보는 앞에서 첩들을 참수시켰다.

반항하는 세력이 있다면 혈고독을 먹이거나 가죽을 벗겨 가축의 먹이로 주기까지 했다.

황궁 밑에서 꿈틀거리는 혈고독에게서 벗어날 수 있는 대신들은 존재하지 않았다.

도망이라도 가려고 하면 마두들이 나서서 잡아와 결코 반항할 수 없게 만들었다.

군부를 장악하는 것은 순식간이었다.

황제는 꼭두각시였고 모든 권력은 제갈미현에게 집중되었다.

제갈미현은 가장 화려한 옷을 입고 천하를 내려다보듯 황궁을 바라보았다.

제갈미현이 앉으려 하자 황제가 의자가 되었다.

많은 대신이 그 광경을 보았지만 감히 말을 꺼내는 이는 없었다.

그들은 결코 혈고독을 거역할 수 없었다.

그녀가 손짓하자 사마일검이 검을 꺼내 대신 하나를 베었다.

단시 제갈미현의 마음에 들지 않았다는 이유에서였다.

제갈미현이 손을 들자 땅을 울리는 함성이 울려 퍼졌다.

와아아아아!!

제갈미현은 눈앞의 수많은 병력을 바라보며 아름다운 미소를 그렸다.

아직 혈고독의 수량이 부족해 모두에게 심어 둘 수는 없었으나 백부장, 천부장은 이미 완벽한 혈마인이 되어 있었다.

그들에게 있어 제갈미현은 주인이자 곧 하늘이었다.

"일단 무림을 없앨 생각인데 어떻게 생각하시나요?"

제갈미현이 대신들에게 물었다.

대전에 집결한 대신들은 땀을 삘삘 흘리면서 머리를 조아렸다.

"그, 그것이 하, 하늘의 뜻일 것입니다."

대신 하나가 그렇게 말하자 모두가 동조했다.

제갈미현은 만족스럽게 웃었다.

"반항하는 자들은 구족을 멸하도록 하세요."

제갈미현은 그렇게 명하고는 마두들을 불렀다.

마두들에게 군부의 주요 관직을 하사했기에 모두 감투를 쓰고 있었다.

그들은 비릿한 웃음을 지으면서 제갈미현의 앞에 시립했다.

"염마지존부터 만날 생각이에요. 금호는 물론이고 안휘성을 불태울 것입니다."

"모두 죽일 것입니까?"

사마일검이 묻자 제갈미현은 고개를 끄덕였다.

"본때를 보여줘야겠지요."

사마일검은 고개를 숙였다.

마두들은 기대가 된다는 듯 입가에 웃음이 가득했다.

역사를 크게 장식할 대량 살상에 앞장서고 있다는 것이 그들의 흥분을 자극했다.

마두들이 혈마기를 내뿜자 대신들은 모두 목을 부여잡고

비틀거렸다.

가장 높아야 할 황궁은 가장 끔찍한 모습으로 변모해 있었다.

"염마지존 무생, 그대가 어떤 반응을 보일지 궁금하군요."

자신과 직접 대면하게 될 때 그가 어떤 표정을 짓고 있을지 궁금했다.

분명 자신만을 바라보고 있을 것이다.

어떤 감정에서든 말이다.

*　　*　　*

금호는 분지 형태로서 산맥에 둘러싸여 있었다.

금호로 통하는 길은 드물었는데 대군이 이동할 길은 단 한 곳밖에 없었다.

그곳은 합비로 뚫려 있는 대표적인 길이었다.

대규모 병력이 진입하기에는 가장 최적이었다.

물론 험준한 산맥을 넘어가는 길도 있었지만 굳이 그런 모험을 할 필요는 없을 것이다.

적어도 몇만에 이르는 병력이 무엇이 무서워 산맥을 넘어가겠는가?

"전쟁이라……."

무수한 세월 속에서 그가 가장 많이 본 것이 바로 전쟁이었다.

많은 나라가 멸망하고 새로 생겼다.

새로운 나라는 늘 전쟁에 의해 멸망했고 많은 자가 그와 함께 죽었다.

그것은 마치 자연의 규율 같았고 지금 역시 그러한 수순을 밟고 있었다.

단지 제대로 된 전쟁의 형태가 아니라 그저 무의미한 학살의 형태를 띠었다는 것이 다를 뿐이었다.

무생은 금호 주변에 기문진을 설치하기 시작했다.

기문진은 산맥 전반에 걸쳐 설치가 되었다.

단 한 곳의 길만 금호로 통할 수 있게 만들었고 다른 진입로로 들어간다면 길을 잃고 헤매다가 대부분이 죽고 살아남은 자들은 무생이 있는 길로 들어서게 될 것이다.

무생은 기문진에 제약을 두지 않았다.

그야말로 지옥으로 들어가는 꼴이 될 것이다.

그 누가 이 넓은 산맥 전체에 기문진을 설치할 수 있단 말인가.

무생은 제법 시간을 들여 기문진을 설치했다.

기문진이 발동되자 산맥 전체에 흐릿하게 안개가 끼기 시작했다.

무생은 유일하게 뚫려 있는 길에 자리 잡았다.

"나쁘지 않군."

무생이 그런 말을 내뱉었을 때는 밤이 깊게 자리한 후였다.

무생은 가지고 온 술병과 술잔을 꺼냈다.

득도촌에서 마셨던 술과는 확실히 맛이 달랐다.

씁쓸한 기운이 감도는 것은 아마 자신의 마음 때문일 것이다.

"소문은 사실이었군요."

정면에서 천천히 모습을 드러낸 것은 당연희였다.

지금 막 금호로 돌아온 그녀는 상당히 지친 표정이었는다.

그녀 역시 전역에 퍼진 소문을 들은 모양이었다.

"황궁을 장악할 정도로 혈고독을 개량시켰다니… 정말 무서운 두뇌를 지닌 여자네요."

당연희의 말에 무생은 고개를 끄덕였다.

황궁을 먹어치울 정도의 두뇌였다.

제갈미현의 뛰어남을 인정하지 않을 수 없었다.

자신과 같이 무수한 세월을 살아온 것도 아닌, 여인의 몸으로써 이러한 일을 벌인 것이었다.

"금호로 들어가 나오지 말거라."

무생은 술잔을 들며 그렇게 말했다.

당연희는 무생이 무슨 일을 하려고 하는지 알고 있었다.

금호로 들어오는 병력을 홀로 막을 생각인 것이다.
당연희는 무생이 아무리 강하더라도 수만이 넘는 대군을 막아내는 것은 불가능하다고 생각했다.
"지금이라도 늦지 않았어요! 무림을 떠난다면……!"
"무림이라는 것은 시답지 않지만……."
무생은 술을 들이켰다.
무림이니 정파이니 하는 것은 시시한 집단이라고 생각한 적도 있었다.
"각자 위치에서 최선을 다하고 있지 않은가."
후일을 도모할 수 있는 최소한의 인물들만 금호로 보냈을 뿐이다.
그들은 죽음을 각오하고 자신의 자리를 지키고 있었다.
천만대군이 몰려온다고 하더라도 절대 지닌 긍지를 꺾지 않을 것이다.
그것이 무를 배운 이유이며 협을 행할 수 있는 원동력이었다.
"내가 지금 있어야 할 곳은 이곳인가 보군."
"무 공자……."
"이제 귀찮은 일은 질색이다. 빨리 끝을 보고 돌아가야겠어."
무생은 늘 그렇듯 차분해 보였다.

"무 공자……."

당연희는 무생의 곁을 떠나지 않겠다고 다짐했다.

곁에 다소곳이 앉아 그의 술잔을 들었다.

무생은 그 모습에 살짝 웃고는 술을 따라주었다.

당연희는 술을 들이켜고는 무생을 바라보았다.

"후에 무림을 떠날 때 저도 데려가 주세요."

"너만 괴로울 뿐이다."

"상관없어요. 괴로운 건 이미 면역되었거든요."

당연희는 무생의 시선을 피하지 않았다.

그녀는 무척이나 간절해 보였다.

그러나 그 끝은 뻔했기에 무생은 그녀의 말에 쉽게 대답할 수 없었다.

"뭐, 안 데려간다고 해도 따라갈 거니까 걱정 마세요."

당연희는 슬픈 기색을 담아 무생을 바라보다 자리에서 일어났다.

"그럼 금호에 있겠어요. 부디… 몸조심하세요."

당연희가 신법을 전개하며 사라졌다.

"몸조심이라……."

무생은 피식 웃으며 술잔을 뒤로 던졌다.

술잔이 깨져 나가는 소리가 무척이나 영롱했다.

스스로 몸조심을 하겠다는 생각을 한 적은 단 한 번도 없었다.

하지만 당연희가 그렇게 말하니 억지로라도 한 번쯤은 그렇게 해보는 것이 나쁘지 않을 것 같은 기분이 들었다.

"그래, 와보거라."

금호 앞에 자신이 있는 이상 절대 넘어갈 수 없으리라.

*　　*　　*

오만이 넘는 대군이 안휘성을 향해 진격했다.

안휘성에 주둔하는 병력들과 합쳐지니 가히 개미 떼처럼 보일 정도로 어마어마한 대군이 되었다.

그들은 작은 마을은 모조리 짓밟고 눈에 띄는 모든 것을 학살했다.

죄목은 반역 도모였다.

스스로의 백성들을 학살했기에 반발하는 자가 상당히 많았지만 그럴 때마다 잔인하게 도륙하여 바닥에 버려 버렸다.

혈고독을 지닌 병사들은 백성들을 학살할 때마다 혈마기가 더욱 커져 갔다.

그들은 모두 광기에 휩쓸려 있었다.

혈마기는 광기를 전염시켰고 혈고독은 그들이 꿈도 꾸지 못할 힘을 주었다.

오만이 넘는 대군은 점점 혈마인으로 변해가고 있었다.

시체에서 아주 빠른 속도로 번식하는 혈고독은 학살을 할 수록 병력들을 혈마인으로 만들고 있는 것이다.

모용천은 그 속에서 힘을 축적하고 있었다.

혈마존으로부터 흡수한 기운은 모용천의 내력을 완성시키고 있었다.

완벽히 완성된다면 머릿속에 박혀 있는 혈고독을 몰아낼 수 있을 것이다.

'날 능멸한 그년부터 죽일 것이다.'

모용천은 그렇게 다짐하며 비릿한 웃음을 흘렸다.

마두들이 노골적으로 무시하고 있지만, 그는 혈고독이 사라신다면 눈앞에 모든 것을 죽일 작정이었다.

마지막은 무생이 될 것이다.

대군이 출정하는 데에는 많은 것이 필요하지만 혈마인에게 그런 것은 필요 없었다.

선천지기를 흡수할 대상만 있다면 충분했다.

모든 것을 죽이는 데에는 최적의 조건이었다.

밤낮없이 진군해 순식간에 금호의 앞까지 도달했다.

제갈미현은 황궁을 연상시키는 마차에 앉아 금호로 가는 길목을 바라보았다.

넓은 산맥은 안개가 쳐져 있었다.

제갈미현은 그녀의 안목으로 그것이 굉장한 수준의 기문진임을 알아차렸다.

"그가 있군요."

"그라 하시면……?"

마차 옆에 서 있던 사마일검이 질문했다.

제갈미현은 요사스러운 미소를 지으며 입을 떼었다.

"염마지존 무생."

"그 천하제일이라는 자 말입니까? 허풍도 그런 허풍이 없지요."

"과연 그럴까요?"

사마일검의 말에 제갈미현이 그렇게 되물었다.

사마일검은 천하제일인이라는 염마지존의 소문이 모조리 헛소문이라 생각했다.

그도 그럴 것이, 홀로 백도무림을 상대하고 혈교를 박살 냈다는 말이 너무나 과장되게 들렸기 때문이다.

현경에 달한 자신감에서 나오는 판단이었다.

"기문진을 해체해야겠군요."

"굳이 그러실 필요가 있겠습니까?"

제갈미현은 대답하지 않고 미소 짓고 있었다.

하지만 전과는 다르게 긴장감이 느껴졌다.

마치 그녀가 이룬 모두를 누군가에게 검사받는 것 같은 분위기였다.

그녀는 평소와는 다르게 조금 들뜬 표정을 지었다.

"모용천."

"히, 히히히."

제갈미현이 부르자 모용천이 빠르게 날아와 마차에 매달렸다.

"당신 역할이 중요해요. 그에게 저의 우수함을 보여주는 거예요. 그렇다면 그도 저를 주시하겠죠."

"흐, 흐흐흐."

모용천은 웃음을 흘리며 다시 모습을 감추었다.

제갈미현은 무생이 자신을 신경 쓸 수밖에 없을 것이라 생각했다.

그녀는 덜덜 떨고 있는 시녀가 주는 과일을 먹으며 앞으로 벌어질 잔인한 학살을 기대했다.

금호로 엄청난 대군이 진격하는 장면은 장관이었다.

이제는 일반 병사들까지 혈마기가 감돌고 있었고 백부장, 천부장에 있는 이들은 모두 완벽한 혈마인이 되어 있었다.

이렇게 되기까지 어마어마한 백성들을 학살한 것이다.

안휘성은 초토화가 되었고 시체가 부패하는 냄새만 날 뿐이었다.

금호로 가는 다른 길은 모두 안개가 자욱했고 오직 제일 큰

길 하나만이 멀쩡했다.

"재미있군."

사마일검과 마두들은 진정으로 그렇게 생각했다.

오만이 넘는 대군을 이끄는 것은 처음이었지만 제갈미현이 조종하고 있었기에 그들은 마치 한 몸처럼 움직였다.

그만큼 정신력 소모가 엄청날 테지만 제갈미현의 정신력과 두뇌는 굉장히 뛰어났다.

혈마인은 이지를 상실해 단순하게 움직였지만 혈마기를 내뿜는 것만으로 굉장히 위협적이었다.

무림을 완전히 지울 수 있을 만한 병력이었다.

혈교 때의 혈마인 역시 많았지만 지금과 비교할 바가 못 되었다.

"정지!"

제갈미현이 그렇게 말하자 금호로 진격하던 대군들이 일제히 멈춰 섰다.

사마일검이 의아한 눈으로 제갈미현을 바라보다가 앞에서 느껴지는 기척에 정면을 바라보았다.

그곳에는 사내가 앉아 있었는데 검은 무복을 입고 있었다.

너무나 여유롭게 앉아 있는 모습에 사마일검은 감탄할 수밖에 없었다.

제갈미현의 기대 섞인 눈빛을 본 순간 사마일검은 그가 염마지존 무생임을 알아차렸다.

"오만이 넘는 혈마인을 홀로 상대하겠다는 건가! 참으로 오만하구나!"

사마일검뿐 아니라 마두들도 그렇게 생각했다.

땅을 진동할 정도의 병력이었다.

주위의 나무들을 모조리 밀어버리고 진격할 만큼 엄청난 숫자였다.

그런 병들 앞에 홀로 서 있는 무생의 모습은 초라해 보이기까지 했다.

사마일검이 비웃는 순간 무생이 자리에서 일어났다.

손에 든 술병을 옆으로 던지자 병이 깨지며 맑은 소리를 내었다.

단지 몸을 일으키는 것만으로 오만이 넘는 대군은 압도되는 느낌을 받았다.

무생의 기세는 혈마인 따위가 감당하기에는 너무나 거대했다.

"왔군."

무생은 자신의 눈앞을 꽉 채운 병사들을 바라보았다.

그 끝이 보이지 않을 정도로 엄청난 숫자가 금호를 향해 몰려와 있었다.

무생은 그 많은 병사들을 내려다보면서도 표정의 변화가

없었다.

무수한 세월 동안 이 정도 되는 숫자를 상대해 본 경험은 없었다.

그러나 오만이 넘는 병력이 내뿜는 기세 따위는 무생에게 있어 산들바람이나 마찬가지였다.

무생이 점차 내력을 일으켜 병력들의 기세를 누르기 시작했다.

"오너라."

무생은 아무런 자세도 취하지 않고 선 채로 그렇게 말했다.

너무나 오만한 말이 병력들을 넘어 사마일검과 마두들, 그리고 제갈미현의 귀에까지 들렸다.

작게 중얼거리듯 말했지만 의지가 깃든 목소리는 주변을 모두 울릴 지경이었다.

어마어마한 숫자의 혈마인이 내뿜는 혈마기가 하늘을 붉게 물들이는 것처럼 보였다.

마치 예전에 무생을 위기로 몰아넣었던 황산을 보는 것 같은 착각이 일었다.

하지만 무생은 혈마인들 따위는 신경도 쓰지 않고 있었다.

그의 시선은 저 멀리 있는 마차에 고정되어 있었다.

제갈미현이 타고 있는 마차였다.

무생의 시선이 마차로 갔다가 서서히 옆으로 옮겨졌다.

그곳에는 비릿한 웃음을 짓고 있는 모용천이 있었다.

'역시 왔군.'

무생은 모용천에게서 거대한 힘을 느꼈다.

혈마존보다도 훨씬 거대한 힘이었다.

자신에게서 가져간 기운을 모용천이 흡수한 것으로 보였다.

무생의 인상이 찡그러졌다.

모용천에게서 뿜어져 나오는 강대한 혈마기는 무생의 신경을 무척이나 거슬리게 했다.

모용천은 무생을 바라보며 노골적으로 살기를 뿜었다.

주위에 있는 나무들이 시들어 버릴 만큼 굉장한 살기였다.

무생은 모용천을 절대 금호로 보내서는 안 된다고 생각했다.

모용천이 금호에 도달한 순간 금호는 쑥대밭이 될 것이다.

무수한 세월 동안 처음으로 무생의 위기감을 자극할 만큼 모용천은 성장해 있었다.

칠만에 육박하는 대군이 일제히 무생을 향해 진격하기 시작했다.

협곡 형태의 길이었지만 마차 여러 대가 동시에 지나갈 수 있을 만큼 넓은 편이었다.

그런 넓은 길에 무생은 홀로 서서 몰려드는 대군을 바라보고 있었다.

우아아아아!!

그들이 내뿜는 함성에 협곡이 뒤흔들렸다.

그들은 온통 붉게 보였다.

생명을 소진하여 뿜어지는 혈마기는 그들을 아귀로 만들었다.

도저히 사람의 형태로 볼 수 없을 만큼 말라 있었다.

차라리 시체라 부르는 편이 나을 지경이었다.

무생은 선천지기를 일으키기 시작했다.

무생의 강대한 선천지기가 개방되자 몰려오던 혈마기가 단번에 날아가 버렸다.

찬란한 황금빛 기류가 뿜어져 나왔다.

무생록(無生錄) 이식(二式).

무생은 무생록 이 단계를 개방했다.

염강기가 뿜어져 나오며 부정한 모든 것을 단번에 태워 버렸다.

드드드드!

가히 압도적인 기세였다.

몰려오는 수만의 병력이 오히려 작게 느껴질 정도였다.

무생은 천천히 주먹을 뒤로 빼며 정면을 바라보았다.
어마어마한 숫자의 대군이 무생을 밟아버릴 기세로 달려들었다.

천무권 염마파천.

무생의 주먹이 천천히 뻗어갔다.
그 속도는 범인들도 충분히 볼 수 있을 만큼 느렸다.
대체적으로 평범해 보이는 주먹질이라 할 수 있었다.
휘이이!
하지만 주먹이 앞으로 완전히 뻗는 시점에 주변의 환경이 달라졌다.
바람의 흐름이 끊기고 날씨가 급격히 어두워졌다.
하늘이 닫혀 간다.
마치 구름이 지상으로 추락하는 듯한 광경이었다.
콰가가가가!
무생의 주먹을 중심으로 막대한 크기의 염강기가 뿜어져 나왔다.
뿜어져 나간 염강기는 대지를 가르며 앞으로 뻗어나갔다.
순식간에 천이 넘는 병력을 재로 만들면서 뻗어가다 하늘 위로 치솟았다.

콰아!

마치 태양처럼 보이는 거대한 크기의 염강기가 분열되며 낙하하기 시작했다.

그 모습은 검은 하늘에서 떨어져 내리는 운석을 연상시켰다.

수천, 수만이 몰려 있는 곳에 염강기 다발이 떨어져 내리며 모든 것을 쓸어버렸다.

나무, 바위뿐만 아니라 흙마저 녹이며 주변을 모조리 용암지대로 만들었다.

"끄, 끄아아악!"

"살려줘!"

"아아악!"

수만이 동시에 내뿜는 비명 소리는 마치 지옥을 연상시켰다.

흐르는 용암에 휩쓸려 죽어나가는 수천의 병력은 가련하기 그지없었다.

무생의 앞에 도달하기도 전에 이만이 넘는 병력이 녹아 사라졌고 수천의 병력이 용암에 휩쓸려 비명을 질러댔다.

전율스러운 광경에 마두들은 몸을 떨었다.

사마일검은 전신을 떨며 무생을 바라보았다.

소문이 오히려 많이 축소되었다는 생각이 들 정도였다.

무생은 그야말로 인세에 강림한 무신이었다.

어째서 제갈미현이 그를 그렇게 신경 쓰며 그의 움직임에 맞춰 모든 것을 계획했는지 알 수 있었다.

그를 넘어서지 못하면 천하를 얻을 수 없었고 그를 정복한다면 곧 천하를 얻는 것과 같았다.

사마일검은 왜 제갈미현이 한 나라의 모든 것을 손에 넣고도 만족하지 않는지 알 수 있었다.

그녀의 욕심은 끝이 없었다.

눈앞의 저 무신과도 같은 남자를 탐내는 것을 보니 그녀의 탐욕은 가히 하늘에 닿았다고 말해도 무관했다.

"걱정 마세요. 우리는 우회할 것입니다."

"음……! 저자의 손에서 벗어날 수 있겠습니까?"

"잠시 동안은 막아놓을 수 있겠죠."

제갈미현은 모용천을 보며 그렇게 말했다.

제갈미현은 모용천의 힘을 제대로 파악하지 못하고 있었다.

모용천은 사마일검보다는 아득히 높은 힘을 보여주었지만 전부 다 보여준 것은 아니었다.

모용천은 제갈미현이 스스로 자신을 버리게 만들고 있었다.

"모용천, 그를 묶어놓고 죽도록 하세요."

"히, 히히히."

마침내 그러한 순간이 온 것이다.

모용천은 제갈미현이 방심하고 있음을 알아차렸다.

천금 같은 기회를 결코 놓치고 싶지 않았다.

"우리는 기관진을 파훼하고 금호를 손에 넣으러 갈 거예요."

"그다음에는……?"

"그가 소중하게 여기는 자들을 내 것으로 만들어야지요."

제갈미현의 말에 사마일검은 고개를 끄덕였다.

제갈미현은 금호 전체를 인질로 잡을 작정이었다.

무생의 무력은 그 끝이 없었지만 주위의 자들은 그렇지 않았다.

무생이 금호를 각별하게 생각한다는 것을 제갈미현은 알고 있었다.

그렇기 때문에 무생이 홀로 대규모 병력을 막아서고 있는 것이다.

단 하나의 희생이라도 줄이기 위해서 말이다.

"결국 내 말을 따르게 될 거예요."

무생에게 혈고독을 집어넣지는 못해도 그가 아끼는 이들에게 주입할 수는 있었다.

무생을 이용하지는 못해도 멈추게 하는 것은 가능할 것

이다.

세상의 생명들을 모조리 이용한다면 더욱더 개량되어 무생에게도 소용이 있는 혈고독을 만들 수 있을지 몰랐다.

제갈미현은 결국 자신이 승리할 것이라 자신했다.

"절 따라오세요."

제갈미현은 금호로 통하는 모든 길을 알고 있었다.

인간의 솜씨라고는 생각할 수 없는 기문진이 설치되어 있지만 그녀의 두뇌 역시 하늘에 닿아 있었다.

마두들은 제갈미현을 호위하듯 신법을 전개하며 제갈미현을 따라갔다.

그 광경을 무생이 지켜보고 있었다.

무생은 제갈미현이 기문진을 지우려 한다는 것을 깨달았다.

무생이 무적수라보를 전개하려던 순간이었다.

콰아아앙!

검붉은 혈마강기를 두른 인형이 하늘에서 떨어져 내렸다.

무생의 신형이 흔들리며 뒤로 물러날 만큼 굉장한 충격이 주변을 덮쳤다.

용암이 치솟고 지반이 갈라질 만큼 대단한 위력이었다.

자신을 물러나게 만든 자를 바라보던 무생의 눈이 날카롭게 떠졌다.

"모용천."

"오랜만이군, 무생."

무생이 자신의 이름을 입에 담자 모용천은 유쾌한 듯 웃었다.

第四章

악연

모용천은 하늘에서 떨어져 내리는 염강기에 영향을 받지 않고 있었다.

무생의 선천지기와 비등할 정도로 밀도 높은 검붉은 혈강기가 염강기를 막고 있었다.

"질기군."

무생의 말에 모용천은 무척이나 즐겁다는 듯 큰 소리를 내어 웃기 시작했다.

"크크큭! 이러한 악연도 없겠지."

모용천의 몸에서 뿜어져 나오는 혈강기가 점점 더 진해

졌다.

주변에 있는 생존한 병력들의 몸이 녹으며 모용천에게로 흡수되고 있었다.

수만이 넘는 병력이 순식간에 수천으로 줄어들기 시작했다.

모용천은 그 많은 생명을 몸에 담고서도 제대로 이성을 유지했다.

"무생, 이것이 운명일지도 모른다고 생각해 본 적 없나?"

"그저 넌 거슬리는 존재일 뿐이다. 그것 외에는 아무것도 아니지."

"크, 크크크! 늘 그렇듯이 오만하군!"

모용천의 얼굴이 일그러졌다.

강대한 힘을 지닌 자신의 모습을 보고도 무생은 예전처럼 자신을 무시하고 있었다.

"이제 다른 건 다 의미 없어. 네놈을 죽이는 것만이 내 바람이다."

"그것은 나의 바람이기도 했지."

모용천의 말에 무생이 그렇게 말했다.

죽음을 바랐던 무생이었지만 지금은 아니었다.

게다가 모용천에게 목숨을 내주기는 더더욱 싫었다.

또다시 안식의 기회가 찾아온 것인지도 모르지만 무생은

죽음이 끝이 아님을 이미 알고 있었다.

그가 원하는 것은 정신까지 사라지는 완벽한 소멸이었다.

그것을 모용천이 이루어줄 리 없었다.

그것은 스스로 무생록을 완성하여 이루어야 하는 일이었다.

"제갈미현이 지금쯤 금호로 가는 길을 찾았을 것이다. 네놈이 아끼는 자들 모두 혈고독에 의해 제갈미현의 인형이 되겠지."

무생은 모용천의 말에도 표정 변화가 없었다.

제갈미현은 금호의 진정한 힘을 모르고 있었다.

금호에는 모든 무림의 정수가 모여 있었다.

그것은 곧 무림의 역사이기도 했다.

아무리 강한 힘으로도 얻을 수 없는 긍지였다.

"날 죽여 보거라! 무생!"

모용천은 발악적으로 외치며 혈마강기를 폭사시켰다.

무생 역시 염강기를 끌어 올리며 모용천의 기세에 대항했다.

모용천의 내력은 점점 치솟아 혈강기로 이루어진 여러 개의 거대한 용오름을 만들어냈다.

협곡의 일부를 파괴하고 살아남은 병력들의 몸을 산산조각 냈다.

모용천이 손을 뻗자 혈강기로 이루어진 수강이 길게 뻗어 나왔다.

모용천이 그 자리에서 사라졌다.

무적수라보와 비등한 속도로 무생에게 돌진한 모용천이 혈강기를 휘둘렀다.

모용세가의 모든 무공이 섞여든 일 초였다.

모용천은 모용세가의 무공을 초월하여 혈마강기에 녹여냈다.

모용준이 살아 돌아온다고 해도 이 일 초를 막아내기란 불가능할 것이다.

이것은 경지의 문제가 아니라 그 근본이 무엇으로 이루어졌는지에 대한 문제였다.

무생이 손을 뻗어 혈강기를 막아냈다.

손바닥에서 일렁이는 혈강기가 무생의 피부를 찢을 듯 파고들었다.

무생은 오랜만에 고통을 느꼈다.

혈마존과 싸울 때 이후로 두 번째였다.

무생의 손바닥에서 흐르는 피가 증발되어 무생의 시야를 가렸다.

모용천의 혈강기는 무생의 선천지기와 완전히 반대에 있는 속성이었다.

무생의 넘치는 활력이 그 근본이라면 모용천의 혈강기는 끝없는 마름이었다.

혈마존을 흡수함으로써 얻은 위대한 힘이 혈강기를 무생의 것과 비슷한 수준으로 끌어 올린 것이다.

"크, 크하하하! 네놈도 별수 없군!"

모용천은 득의양양한 표정으로 무생을 바라보았다.

그러나 무생은 느껴지는 고통 속에서도 여전히 무표정이었다.

"그렇게 좋더냐?"

무생이 미친 듯이 웃기 시작한 모용천을 향해 물었다.

모용천은 무생에게 상처를 입혔다는 것에 무척이나 즐거워하고 있었다.

하지만 그 물음으로 이내 모용천의 웃음이 멈추고 표정이 굳기 시작했다.

"피부 한 겹을 베어낸 것이 그리 즐거운가?"

무생은 손에 힘을 주며 혈강기를 강하게 움켜잡았다.

그러자 혈강기가 깨져 나가며 주위에 흩날렸다.

무생의 손에서 흐른 피가 바닥을 적셨지만 그것도 잠시, 상처는 흉터조차 남기지 않고 순식간에 사라졌다.

무생은 고통이라는 감각이 괴롭게 느껴지지 않았다.

자신이 살아 있음을 알게 해주는 감각이었다.

때문에 정신은 더더욱 뚜렷해졌다.

무생의 주먹이 모용천을 향해 뻗어나갔다.

잔상을 그리며 뻗어나간 주먹은 모용천의 얼굴에 그대로 적중했다.

엄청난 굉음을 내며 뒤로 튕겨져 나가는 모용천을, 무적수라보를 시전한 무생이 따라잡았다.

무생은 무생록 삼 단계를 개방하며 어마어마한 선천지기를 방출하기 시작했다.

무생록 삼 단계는 예전에 비할 바가 아니었다.

훨씬 완성되어 있는 것이다.

천무패황권.

무생의 주먹이 공간을 가를 때마다 주변 지물의 형태가 변했다.

용암은 어느새 얼어붙기 시작했고 남아 있던 병력들이 튕겨져 나가며 사방에 처박혔다.

병력의 숫자가 수만에 달했지만 애초부터 무생은 병력 따위는 신경 쓰지 않았다.

주먹에서 뿜어져 나가는 초식은 모용천의 전신을 마구잡이로 난타했다.

마지막으로 뻗어나간 주먹이 머리에 닿는 순간, 모용천은 피를 뿜으며 바닥에 쓰러졌다.

무생은 그 자리에 멈춰서 뒤를 돌아보았다.

어느새 기문진의 위력이 점점 약해지고 있었다.

무생은 제갈미현이 기문진을 해체하며 금호로 나아가고 있음을 알아차렸다.

"크, 크크큭!"

바닥에 처박혀 있던 모용천이 웃음을 내뱉기 시작했다.

너무나 기쁘다는 듯 웃고 있었다.

박살 났던 전신이 어느새 원래 상태로 돌아와 있었다.

모용천은 머릿속에 들어온 무생의 기운을 조절하여 혈고독을 묶었다.

그리고 손가락을 머릿속에 넣었다.

푸식!

모용천의 손가락에 꿈틀거리는 혈고독이 들려 있었다.

손에 힘을 주자 혈고독은 울부짖다가 그대로 죽어버렸다.

모용천의 갈라졌던 머리가 다시 복구되었다.

이제 제갈미현의 손아귀에서 완전히 벗어나게 된 것이다.

모용천은 몸을 서서히 일으켰다.

그동안 혈고독 때문에 조절했던 내력을 뿜어내기 시작했다.

"이 순간만을 기다려 왔다! 크하하하."

모용천의 내력은 끝이 보이지 않았다.

내력이 올라갈수록 그는 힘에 취해 전신을 부르르 떨었다.

내력을 전력으로 운용해 본 적은 이번이 처음이었다.

가히 신이 된 듯한 착각이 일 정도로 엄청난 기세였다.

무생은 모용천이 도취하는 모습을 가만히 바라보았다.

조금은 곤란한 적으로 인정하지 않을 수 없었다.

이 정도까지의 악연이면 운명이라고도 표현할 수 있을 것이다.

"여러모로 놀라게 하는군."

무생은 고개를 저으며 그렇게 말했다.

그는 두 번의 죽음을 넘어 무생과 대등한 위치에 오른 것이다.

집착과 탐욕은 그가 원하는 힘을 손에 쥐게 만들었다.

무생은 그가 혈마존을 넘어 불사를 이루었음을 깨달았다.

그의 끝없는 혈마기는 자신의 선천지기와는 완벽한 상극이었다.

"운명이라 했었나?"

무생은 모용천을 바라보며 그렇게 말했다.

그는 천천히 자세를 잡기 시작했다.

"그럴지도 모르겠군. 네가 그런 꼴로 내 앞에 나타난 것을 보면 말이야."

무생의 주먹이 강하게 쥐어진 순간 주변이 진동했다.

모용천과 무생이 서로를 향해 내뿜는 기운은 황금과 핏빛으로 협곡을 물들였다.

절대로 사람이 내뿜는 기세라 볼 수 없었다.

애초에 불사를 얻는 순간부터 사람을 초월했는지 몰랐다.

무생은 그가 할 수 있는 전력으로 선천지기를 개방했다.

모용천 역시 혈마강기를 뿜어내며 무생을 노려보았다.

그의 입은 웃고 있었다.

모용천은 무생이 절대로 자신을 죽일 수 없음을 확신하고 있었다.

혈마기가 존재하는 이상 몇 번이고 되살아날 수 있었다.

생명의 근간이 바로 혈마기였고 그것은 무생의 선천지기로도 완벽히 지워 버릴 수 없었다.

무생에게 무공의 높고 낮음이 상관없는 것처럼 모용천 역시 그러했다.

하지만 무생은 천무권을 펼치기 시작했다.

무림에 나와서 이룬 천무권은 그야말로 무신의 무학이었다.

모용천의 이해 범주를 넘어선 무학인 것이다.

천무권 파천권장.

파천권장이 펼쳐지며 모용천의 전신을 강타했다.

모용천의 몸이 말 그대로 박살 났지만 주변에 가득한 혈마기가 모용천을 순식간에 다시 회복시켜 주었다.

모용천은 고통마저 즐기는 듯 미친 듯이 웃고 있었다.

무생의 주먹은 결코 멈추지 않았다.

오히려 그것이 시작이었다.

파천연환권장.

극에 이른 파천연환권장이 펼쳐졌다.

협곡을 모조리 부숴 버리며 모든 것을 박살 내기 시작했다.

모용천의 혈마강기를 흩어버리며 모용천을 몇 번이고 죽음에 이르게 하고 있었다.

바닥에 쓰러진 모용천이 다시 몸을 일으키며 무생을 향해 웃었다.

상처는 전혀 존재하지 않았다.

모용천은 두 팔을 펼쳐 보이며 자신의 무사함을 과시했다.

무생은 그런 모용천에 아랑곳하지 않고 두 주먹을 앞으로 뻗었다.

무생의 염마강기가 한 점으로 압축되어 공간을 비틀기 시작했다.

이미 무생과 모용천의 주변에 살아 있는 병사는 존재하지 않았다.

무극일천.

무생의 모든 이해가 녹아 있는 궁극의 초식이 펼쳐졌다.

막대한 선천지기가 한 점으로 압축되어 공간을 비틀어 뻗어나갔다.

무생이 아니면 그 누구도 펼칠 수 없는 무공을 초월한 공부였다.

모용천이 모든 혈마강기를 끌어 올렸지만, 궁극의 초식은 그것을 단번에 부수어 버리며 모용천을 집어삼켰다.

"크아악!"

모용천의 입에서 비명이 튀어나왔다.

무생의 정순한 선천지기에 의해 전신이 무너져 내리는 고통은 감당하기 힘들 지경이었다.

혈교에서 말하는 완전한 혈마지체를 이룬 모용천은 그 고통을 온전히 감당해야만 했다.

어떠한 상처도 단번에 회복시켜 주는 혈마지체의 특성상

고통을 온전히 감당해야 하는 것이다.

모용천은 자신이 아는 모든 무공을 펼치며 대항하려 했지만 역부족이었다.

"어리석군."

무생은 발악하는 모용천을 바라보며 그렇게 말했다.

혈마지체를 이뤄 불사를 완성한 모용천은 분명 무생과 대등하게 맞설 기회를 얻었다.

그러나 말 그대로 단지 기회일 뿐이었다.

삼십 년도 살아오지 않은 모용천이 셀 수 없을 무수한 세월을 버텨온 무생에게 저항한다는 것 자체가 성립되지 않았다.

모용천이 무생에게 맞서는 것은 무수한 세월을 겪어온 다음에야 가능할 것이다.

"크, 크흐흐흐! 결코 날 죽일 수 없다. 네놈이 아무리 뛰어나도 날 죽일 수 없어!"

"그래 보이는군."

무생은 바닥에 쓰러지며 발악적으로 외치는 모용천을 내려다보았다.

지금 자신의 힘으로는 모용천을 죽일 수 없음을 알고 있었다.

무생록 삼 단계의 힘으로는 혈마지체를 완전히 소멸시킬 수 없는 것이다.

불사를 지우기 위해서는 사 단계를 완성해야 했다.

"하나 그것도 곧이다."

무생이 말하는 곧은 일반적인 사람들이 생각하는 시간대가 아니었다.

그것은 수년이 될 수 있었고 수십 년, 혹은 수백 년을 넘어설 수도 있었다.

그러나 무생에게는 그것마저 곧이라 표현될 만큼 짧은 시간이었다.

무림에서 보낸 시간은 찰나로 표현될 만큼 짧은 시간일지도 몰랐다.

"허세 부리지 마라! 무생, 네가 가진 모든 것을 취하고 철저히 파괴시켜 주마! 네놈은 영원히 괴로움에 떨어야 할 것이다!"

모용천의 악랄한 선언이었다.

모용천은 몸을 일으키며 무생을 노려보았다.

"남궁소연을 비롯한 금호의 모두를 철저한 고통 속에서 죽여주지. 크흐흐! 고통을 느껴보아라!"

"그럴 필요 없다."

무생의 분위기가 바뀌었다.

남궁소연과 금호를 입에 담은 시점부터 무생의 눈빛은 차갑게 내려앉았다.

마치 염라대왕이 직접 현세에 강림한 듯한 절대적인 권위마저 느껴졌다.

모용천은 무생의 버텨온 세월을 느낄 수 있었다.

그것에 압도되어 사고가 잠시 멎을 지경이었다.

불사를 이룬 자신이 무척이나 초라해질 만큼 무생은 많은 것을 짊어지고 있었다.

무생의 강대한 정신력으로도 감정을 지우며 버틸 수밖에 없었던 것들이었다.

지금은 그것을 초월하여 무생록을 완성시키는 길에 올랐지만 모용천은 시작 단계에 있지도 않았다.

그는 그저 자신의 힘에 도취되어 탐욕과 집착을 되풀이하는 아귀에 불과했다.

"나, 나는 무적이다! 무적이 되었다고!!"

누구도 자신을 죽일 수 없었다.

구파일방을 상대한다고 해도 단숨에 해치울 자신이 있는 모용천이었다.

자신은 곧 모든 것을 파괴하는 혈마신이었다.

하나 왜 무생의 앞에만 서면 이토록 초라해진단 말인가.

불사를 이루었어도 줄일 수 없는 격차가 무생과 모용천 사이에는 존재했다.

"네놈은 언제나! 언제나 나를 깔보았지!"

"맞는 말이다. 넌 늘 그렇듯 쓸모없는 남자였어. 지금도 물론이고 말이지."

"무, 무생, 네놈!!"

무생은 모용천을 향해 살기를 내뿜었다.

그가 내뿜는 살기는 결코 평범하지 않았다.

화경을 이룬 고수라고 할지라도 감히 고개를 들 생각조차 못할 만큼 엄청났다.

하나의 기운으로서 형상화된 살기가 모용천의 전신을 압박했다.

모용천은 혈마지체를 이루면서 사라졌다고 생각한 두려움을 느꼈다.

"네놈은 그냥 죽은 듯 살아가며 내 눈에 띄지 않았어야 했다. 날 화나게 하지 말았어야 했다."

"잘난 척하지 마라!"

모용천은 겁에 질리는 와중에서도 그렇게 외치며 발악했다.

무생은 모용천이 불사를 이루었어도 자신의 눈에 거슬리지 않는다면 신경 쓰지 않았을 것이다.

하나 모용천은 어리석게도 무생의 앞에 나타났고 그를 자극했다.

한순간에 터져 나가는 무생의 분노를 감당하기에 모용천

의 그릇은 아직 너무나 작았다.

"크, 크크큭! 네놈이 아무리 강해도 나를 죽일 수 없는 이상 내 승리나 마찬가지다!"

무생은 모용천을 한심하다는 듯 바라보았다.

그리고 천천히 주먹을 풀었다.

무생이 자신을 죽이는 것을 포기했다고 생각한 모용천은 두려움을 떨쳐 버리고 다시 자신만만한 표정으로 돌아왔다.

반은 맞는 말이었다.

무생은 지금 당장 모용천을 죽이는 것은 포기했다.

그렇다고 이대로 놔둘 생각도 없었다.

무엇이든 태워 버릴 수 있는 염강기가 갑작스럽게 변하기 시작했다.

황금빛으로 일렁이는 염강기의 기세가 사라지며 서서히 얼어붙기 시작했다.

염강기가 모든 것을 태워 버릴 수 있는 기운이라면, 지금 무생이 내뿜기 시작하는 아득한 한기는 공간마저 얼어붙게 만들 만한 압도적인 한기를 띠고 있었다.

무생은 모용천을 상대하며 무생록 사 단계에 들어설 실마리를 얻었다.

그의 선천지기는 너무나 정순해 무엇이든 될 수 있는 기운이었다.

흘러넘치던 용암이 순식간에 굳어버리고 한파가 몰아쳤다.

하늘에서는 어느새 눈이 내리고 있었다.

무생록(無生錄) 삼식(三式).

무생록 삼 단계는 그 끝에 도달해 있었다.

"무, 무슨 생각이냐!"

"지금 당장은 널 죽일 수 없겠지."

무생의 양손에서 모용천으로서는 감당할 수 없는 한기가 몰아치고 있었다.

모용천은 혈마강기를 뿜어대며 저항하려 했다.

그러나 혈마강기는 무생의 지척에 닿기도 전에 그대로 얼음이 되어 바닥에 떨어졌다.

마치 피가 얼어 깨져 나가는 듯한 광경이었다.

"하나 먼 미래에는 널 죽일 수 있을 것이다. 그리고 나 역시……."

"웃기지 마라! 나, 나는 천하제일인이자 모든 것의 주인이 될 혈마신이란 말이다!"

무생은 조용히 모용천을 향해 손을 들며 고개를 저었다.

"아니, 넌 단지 지독한 악취가 나는 모용천일 뿐이다."

"네, 네놈! 무생!!"

무생의 양손이 완전히 뻗어진 순간, 모용천의 주위에 이글거리던 혈마강기가 모조리 얼어붙더니 바닥에 떨어져 깨졌다.

모용천은 위기감을 느끼며 내력을 더 내뿜었지만 무생에게 결코 닿지 못했다.

모두 얼어붙어 버려 초라한 최후를 맞이한 것이다.

극천빙무권장.

모용천을 향해 폭풍이 몰아쳤다.

모용천은 신법을 전개하며 그 폭풍에서 빠져나가려 발악했다.

하지만 모용천의 발이 얼어붙기 시작했다.

땅바닥에 고정된 듯 도저히 발이 떨어지지 않았다.

파각!

발이 깨져 나가며 막대한 통증이 모용천을 괴롭혔다.

혈마기가 간신히 발을 복구시켰지만 곧바로 얼어버렸다.

모용천의 하반신이 모두 얼자 더 이상 도망갈 수가 없었다.

"크, 크아아악! 이, 이게 무슨!"

"내가 널 죽일 수 있을 때까지 얌전히 있거라."

"무생!!"

모용천은 몸이 얼어가는 와중에도 무생을 죽일 듯이 노려보았다.

제갈미현에게 간신히 벗어났지만 이제는 더한 처지에 놓이게 되었다.

혈마지체를 이루어 무생을 만만히 본 대가는 너무나 컸다.

"이렇게 끝나지는 않을 것이다! 절대 이렇게 끝나지는 않아!"

모용천의 상반신은 모두 얼어붙었고 이제 목과 얼굴만이 남아 있었다.

전신을 얼려 버리는 것은 순식간이었다.

모용천이 무생을 향해 저주 섞인 말을 내뿜는 순간, 그는 모조리 얼어버렸다.

무생은 눈앞에 얼음 속에 들어가 있는 모용천을 바라보았다.

무생의 선천지기로 이루어진 이 얼음은 한여름에도 녹지 않고 그 무엇으로도 깨부술 수 없을 것이다.

물론 영원한 것은 아니었다.

모용천이 다시 깨어날 때는 분명 아득히 먼 미래가 될 것이다.

무생은 그때까지 무생록을 완성시켜 모용천을 세상에서

완벽히 지워 버릴 생각이었다.

무생은 두 손에 있는 한기를 없앴다.

자신의 손마저 얼어버릴 것 같은 느낌이었다.

고개를 돌리며 주위를 바라보았다.

모든 것이 얼어붙어 있었고 가끔 보이는 시체 역시 얼음 덩어리가 되어 있었다.

무생이 발을 강하게 내딛자 바닥이 파이며 모용천이 그대로 빨려 들어가듯 밑으로 사라졌다.

손을 뻗자 협곡의 일부가 잘려 나가며 거대한 바위가 무생의 앞에 추락했다.

콰앙!

마치 비석처럼 세워진 거대한 바위가 모용천이 있는 곳 바로 위에 세워졌다.

“보기 좋군.”

무생은 진심으로 그렇게 느꼈다.

모용천이라는 골칫거리가 당분간 조용할 것이라 생각되자 제법 시원함을 느낀 무생이었다.

무생은 바위로부터 등을 돌리고 금호를 바라보았다.

기문진은 모두 사라져 있었다.

금호 쪽에서 혈마기가 느껴졌다.

“추가 병력이 있었군.”

제갈미현이 숨겨놓은 추가 병력이 있는 것 같았다.

기문진을 해제한 순간 주위에 포진하고 있던 추가 병력이 험난한 산을 타며 금호로 진격한 것이다.

모용천 때문에 시간을 제법 소비한 무생은 금호에 이미 그들이 닿았음을 직감했다.

한차례 바람이 불어오는 순간 무생의 모습이 사라졌다.

무적수라보가 진정한 모습을 드러낸 것이다.

第五章

만천화우

제갈미현의 계획은 순조롭게 진행되었다.

오만이 넘는 병력을 잃었지만 근처에 대기하고 있던 삼만 대군이 일제히 금호로 진격을 시작하였다.

산이 가파르고 접근에 용이하지 않았지만 혈고독에 의해 이성을 잃은 그들에게는 전혀 장애가 되지 않았다.

낙석에 의해 팔다리가 뜯겨 나가도 혈마기로 이어붙이며 미친 듯이 진격하고 있었다.

그들을 일회용품이라고 생각하고 있는 제갈미현이 식량을 챙겼을 리가 없었다.

오로지 혈마기만을 흡수한 그들은 비쩍 말라 마치 시체를 보는 듯했다.

그런 아귀 군대를 마음대로 조종하는 것이 바로 제갈미현이었다.

수많은 촌락을 아무렇지도 않게 불태우고 사람을 재료로 쓰는 제갈미현에게 인정이라는 감정은 존재하지 않았다.

곁에서 지켜보는 마두들이 섬뜩함을 느껴 자발적으로 충성을 맹세할 정도였다.

'천하가 고통스러워하는 모습이 보이는구나.'

사마일검은 제갈미현을 바라보며 그렇게 생각했다.

염마지존이라는 자가 문제이기는 했지만 계획대로 진행된다면 오히려 제갈미현에게 큰 힘이 되어줄 수 있을 것이다.

제갈미현은 학살을 지시하면서도 끊임없이 혈고독을 개량하기 위해 노력하고 있었다.

"금호가 보입니다."

마두의 말에 제갈미현은 고개를 끄덕였다.

기문진을 해제하자 금호와의 거리가 순식간에 좁혀졌다.

아름다운 전경이 바로 눈앞에서 보였다.

분지 형태로 산맥에 둘러싸인 금호는 마치 딴 세상 같았다.

산맥에서 불길이 치솟는 것이 보였다.

삼만 대군이 몰려오는 흔적이 너무나도 뚜렷하게 보였다.

제갈미현의 입가에 미소가 더욱 진하게 그려졌다.

자신의 승리를 예감한 것이다.

"주요 인물들은 죽이지 말고 사로잡도록 하세요. 그것이 우리가 금호로 온 목적입니다."

사마일검은 깊게 머리를 숙이고는 마두들을 바라보았다.

사마일검은 실질적인 마두들의 대장으로서 그들을 이끌고 있었다.

"구파일방의 주요 인사들이 있을 거예요. 그들은 필요 없으니 모조리 죽이거나 혈고독을 먹이도록 하세요. 오대세가의 계집들은… 최대한 고통을 주며 죽이세요."

"존명!"

제갈미현의 말에 사마일검이 대답하고는 모습을 감추었다.

마두들 역시 그를 따라 순식간에 사라졌다.

제갈미현의 주위에 혈마인들이 나타나 호위하듯 둘러쌌다.

모용천이 무생을 막고 있는 이상 금호의 운명은 정해져 있었다.

'이제 곧 내 것이 될 것이야.'

제갈미현은 무생이 자신의 것이 된다면 세상을 다 얻은 것이라 생각했다.

제갈미현이 금호로 다가올 때쯤 사마일검과 마두들은 이미 금호의 앞에 도달해 있었다.

모습을 드러내자 금호의 많은 무림인이 진을 형성하고 그들을 맞이했다.

"백도무림의 애송이가 다 모여 있구나. 단체로 장례를 치러줘야겠지."

"허, 사백치, 네놈이 뻔뻔스럽게 다시 활개를 칠 줄은 몰랐군."

가장 앞에 서 있는 독제가 사마일검을 향해 쏘아붙였다.

사마일검의 이름은 사백이었지만 독제는 그를 사백치라 불렀다.

사마일검의 얼굴이 일그러졌다.

독제와의 악연은 소림에 잡히기 훨씬 전부터 시작되었다.

사마일검의 시선이 독제의 옆에 있는 당연희에게로 향했다.

"계집이 예쁘군. 네놈의 눈앞에서 가장 고통스럽게 죽여주마."

"여전히 말은 잘하는군."

사마일검의 말에 독제가 살기를 내뿜으며 대답했다.

마두들이 혈마강기를 내뿜기 시작하자 금호의 무림인들이 주춤거리며 물러났다.

그 앞을 홍수희가 허공답보의 묘리로 날아와 막아섰다.

"냄새나는 악적이 감히 금호에 발을 딛다니… 살아 돌아갈 생각은 하지 말거라."

현경의 끝자락까지 도달한 홍수희의 기세에 사마일검의 눈이 날카롭게 빛났다.

구파일방의 무림인이나 다른 주요 인물들은 신경 쓸 필요 없었지만 독제와 홍수희만큼은 각별히 주의를 요해야 할 터였다.

드드드드!

땅이 울리기 시작했다.

금호 주변에 나타난 대규모 병력이 금호를 불태우기 위해 진격해 오고 있는 것이다.

"무생신교의 제자들은 금호를 보호해라!"

홍수희의 외침에 주변에 시립해 있던 무생신교의 제자들이 순식간에 금호 각지로 신법을 전개해 사라졌다.

무생이 만든 무공들을 전수받은 무생신교의 제자들은 혈마인에 비할 바가 아니었지만 무려 삼만이 넘는 대군을 막기에는 부족했다.

사마일검은 그러한 점을 알고 있었기 때문에 무생신교의 제자들을 신경조차 쓰지 않았다.

독제는 속으로 신음을 삼키며 사마일검과 마두들을 노려

보았다.

하나하나의 경지가 예사롭지 않았다.

사마일검은 자신보다 한 수 위로 보였고 다른 마두들은 그에 비하면 부족했지만 우위를 장담할 수 없는 수준이었다.

홍수희와 구파일방의 무리도 그것을 느낀 듯 심각한 표정이 되었다.

만복금 역시 그러했지만 그는 금호의 힘과 무생을 믿고 있었다.

이 정도 고난을 넘어서지 못한다면 금호는 차라리 없어지는 것이 낫다고 생각할 정도였다.

"금호가 뭐길래 주군께서 그리 신경 쓰시나 했는데 백도무림 놈들이 죄다 모여 있었군. 음? 마교뿐만 아니라 사파 놈들까지 있다니… 친목회라도 하는 건가?"

사마일검이 검을 잡으며 말하자 독제는 천천히 손을 들며 입을 떼었다.

"그 점은 나도 마음에 안 들지만 구경꾼이 많아 좋지 않나."

"천하십제 중 독제라……. 오늘 그 명성이 헛되었음을 보여줄 것이다."

사마일검의 검에 혈강기가 일렁였다.

가히 혈마의 재림을 보는 것 같은 기세였다.

사미일검의 뒤에 있던 마두들 역시 각자 혈강기를 뿜어내며 금호의 모두를 눈에 담았다.

사마일검이 독제를 향해 혈강기를 날리는 순간 마두들이 신법을 전개하며 금호로 달려들었다.

"백도무림의 저력을 보여주자!"

"마교도 함께하겠소."

"우리보다 사파 같은 자들은 용서할 수 없다!"

정파, 마교, 사파가 하나의 진을 그리는 모습은 과거에도 없었고 미래에도 없을 진귀한 광경이었다.

서로가 서로를 잘 알다 보니 손발이 잘 맞았고 마치 원래부터 하나였던 것 같은 착각을 불러일으켰다.

가볍게 생각했던 마두들은 그런 모습에 당황한 표정을 지었다.

사마일검이 눈썹을 꿈틀한 순간 독제의 독강기가 그의 앞으로 쏟아져 내렸다.

사마일검은 강막을 펼치며 독강기를 막아냈다.

독연이 피어오르는 혈마기와 섞이며 주변의 생기를 모조리 말살하고 있었다.

"물러나 있거라. 염마지존이 올 때까지 무금성 안에 있어야 한다."

"할아버지……."

독제가 손을 뻗어 당연회의 뺨을 한 차례 쓰다듬었다.

"불길한 예감이 드는구나."

독제는 알 수 없는 불길함을 느꼈다.

하지만 독제의 그런 생각은 길게 이어질 수 없었다.

사마일검이 본격적으로 내력을 끌어 올리며 독제를 향해 혈강기를 쏟아부었기 때문이다.

손에서 떠난 검이 완벽한 이기어검을 보여주며 독제를 압박했다.

사마일검은 검을 연마하기 위해서라면 무엇이든지 할 수 있는 자였다.

수많은 무림인을 죽이고 비급을 취했을 뿐 아니라 구파일방의 비급 역시 강탈하여 익히기도 했다.

그의 검에 미친 성정은 모두 두려워하였으나 솜씨만큼은 대단해서 모두 사마일검이라 부르면서 인정했다.

하나 그 끝은 좋지 않았다.

결국 심마에 빠져 날뛰다가 소림의 백팔나한진 앞에 무릎을 꿇은 것이다.

사마일검의 검은 모용준과는 비교도 되지 않을 만큼 날카로웠고 위력적이었다.

사마일검이 완성한 사마광검은 현경의 경지를 완벽히 표

현한 반신의 무공이었다.

'대단하군.'

미친 자였고 적이었지만 존경할 만한 자였다.

물론 이런 무공을 완성하기까지 혈마기에 도움을 받았으나 사마일검은 혈마기를 완벽히 지배하고 있었다.

그것만으로도 혈마를 연상케 하는 존재감이 뿜어져 나왔다.

그가 제갈미현의 수족인 것만으로도 독제의 불안감은 계속해서 커져 갔다.

다른 마두들도 압도적인 위력으로 금호의 무림인들을 밀어 붙이고 있었다.

독제는 분신처럼 늘어나기 시작한 사마일검의 검을 독강기를 일으키며 쳐냈다.

독제의 앞에서는 혈마기의 특성이 제대로 발휘되지 않았다.

독제의 독은 혈마기와 대등한 독성을 지니고 있었다.

독제의 손에서 암기가 뿜어져 나가며 사마일검의 이기어검과 부딪혔다.

콰가가가!

독제와 사마일검이 동시에 뒤로 크게 물러났다.

독제의 입가에서 검은 피가 흘러나왔다.

사마일검은 사악하게 웃으며 독제를 바라보았다.

"내가 한 수 위인 것 같군."

독제는 고개를 설레 저으면서 다시 자세를 잡았다.

그의 눈에 금호로 달려드는 병력들이 보였다.

정파, 사파, 그리고 마교가 연합을 하고 있지만 개미 떼처럼 몰려드는 대군을 모두 상대할 수는 없었다.

'제갈미현……!'

혈마보다 훨씬 악랄한 여자였다.

끝없는 탐욕을 지니고 있었으나 침착했고 분노를 두르고 있었으나 냉정함을 잃지 않았다.

제갈세가의 모든 것을 이어받았다는 그 두뇌는 끝이 어디인지 모를 지경이었다.

'하나…….'

독제는 무생의 모습을 떠올려 보았다.

그는 불가능할 상황을 언제나 아무렇지도 않게 돌파했다.

구파일방과 맞설 때도 그랬고 단독으로 혈교를 박살 냈을 때도 그러했다.

무생이 있다는 것만으로도 불가능은 존재하지 않았다.

독제는 마음을 비우며 자신이 펼칠 수 있는 최고의 무공을 준비하기 시작했다.

그것은 최근에 완성한 무학으로서 무생이 보여준 것과 상당히 닮아 있는 것이었다.

무생의 반만 따라갈 수 있다면 우화등선에 이를 수 있으리라 장담한 독제였다.

"받아보게나."

독제의 기세가 바뀌었다.

일렁이던 주위의 독연은 사라지고 청명함이 감도는 바람으로 바뀌었다.

최근에 깨달은 묘리였다.

누구에게나 독은 존재했다.

보통 사람들이 말하는 독은 방금 전 독제가 내뿜는 형태의 독연에 가깝겠지만 사마일검은 아닐 것이다.

오히려 무생과 같은 정명한 기운이 그에게는 극독이었다.

게다가 사마일검에 심마라는 극독이 존재하는 이상 만독을 통제하는 독인으로서 독제는 절대로 질 수 없다고 생각했다.

사마일검도 독제의 심상치 않은 기세를 느꼈다.

여유로운 표정을 지울 수밖에 없었다.

분명 모든 면에서 자신이 한 수 위였지만 독제에게는 그것을 넘어서는 무언가가 있었다.

사마일검이 검에 평생을 매진해 왔음에도 얻지 못한 것이었다.

사마일검은 독제가 이번 초식에 모든 것을 걸었음을 직감했다.

받아내든가, 받아내지 못하든가.

둘 중 하나는 바닥에 쓰러질 것이다.

"과연, 천하를 호령할 만하군. 오게나."

사마일검은 방어 초식을 펼치며 독제의 마지막 무공을 막을 준비를 끝마쳤다.

잠시 침묵이 가라앉았다.

몰려오는 삼만의 병력이 지르는 괴성도, 무림인들의 외침도 지금은 조용하기만 했다.

독제의 손에서 수강이 치솟았다.

방금 전과는 확연히 다른 형태의 강기였다.

사천당문과 어울리지 않은 청명한 기운을 품고 있었다.

그것은 독이라기보다는 약에 가까운 것일지도 모른다.

수강이 점차 치솟다가 구 형태로 모이기 시작했다.

그것만으로도 주위를 어지럽히고 있는 혈마기가 자취를 감추었다.

'독이군.'

사마일검은 그것이 자신에게는 극독이 될 것임을 알 수 있었다.

독제가 손을 뻗자 강기가 하늘로 치솟았다.

맑은 기운을 뿜어내던 구체가 분열되더니 하늘을 가득 메웠다.

마치 한차례 소나기가 내리는 듯한 모습이었다.

하나하나가 막강한 강기가 되어 지면에 내리 꽂혔다.

그곳은 바로 사마일검이 있는 자리였다.

사마일검은 혈강기로 이루어진 강막을 형성하며 대항했다.

만천화우.

만천화우의 진수가 이 자리에서 펼쳐졌다.

하늘을 가득 메우는 강기로 된 암기 다발은 도저히 피할 틈을 주지 않았다.

사마일검의 눈이 부릅떠졌다.

혈강기로 이루어진 막강한 호신강기를 뚫고 들어오는 강기 다발이 보였기 때문이다.

혈강기를 녹이며 진입하는 강기 다발은 사마일검에게 정신적인 충격을 선사해 주었다.

그야말로 극독의 모습이었다.

정순한 내공을 익힌 자들에게는 그리 큰 효과를 발휘할 수 없지만 혈마기를 가진 자들에게는 극독이었다.

사마일검의 신형이 굳은 듯 그 자리에 고정되었다.

검을 올린 상태에서 그대로 멈춰 있었다.

강기의 소나기가 한차례 지나갔다.

주변에 있던 마두 하나는 이미 육체가 갈려 사라져 버린 지 오래였다.

독제는 가만히 사마일검을 바라보았다.

사마일검은 올렸던 검을 천천히 내리며 독제를 바라보았다.

주변에 있는 자들 모두가 사마일검이 독제의 어마어마한 무공을 막아냈다고 생각했다.

하지만 그것은 사실이 아니었다.

사마일검의 옷에는 자잘한 구멍이 뚫려 있었다.

그곳에서 천천히 피가 새어 나왔다.

쨍그랑!

사마일검의 검에 균열이 생기더니 그대로 깨져 나갔다.

독제는 그 모습을 보고 뻗었던 손을 거두었다.

독제의 머리는 완전한 백발로 변해 있었다.

"무슨 무공이지?"

"그저 사천당문의 재주일세. 무생, 그자를 보고 깨달은 것이지."

"하, 하하."

사마일검의 검이 완전히 사라졌다. 사마일검은 허탈한 웃음을 내뱉으며 고개를 저었다.

"주군은 그자를 너무 얕보고 있는 모양이군. 강한 것은 단지 그자만이 아니었어."

마두들은 당황한 눈치였다.

정신적 지주이자 절대 패배하지 않을 것 같던 사마일검이 당한 것이다.

사마일검의 전신에서 흘러나오는 피가 바닥을 적셨다.

혈마기가 사마일검의 몸을 회복시키려 했지만 정순한 기운이 그것을 방해했다.

이대로 몸을 숨긴다면 수년이 지나 정상으로 돌아갈지도 모르지만 사마일검은 후련한 기분이 들었다.

악행만을 쌓아온 자지만 검에 모든 것을 바친 만큼 그는 자신의 검이 꺾였음을 인정하지 않을 수 없었다.

목숨을 내준다는 것은 그것보다 가벼운 의미였다.

"제갈미현, 그 여자는 인간이 아닐세. 조심하게나."

사마일검은 그렇게 말을 내뱉고는 그대로 바닥에 쓰러졌다.

사미일검은 혈고독을 스스로 파기하며 죽음을 맞이했다.

분명 살행을 자행한 악적이었지만 검만큼은 인정할 만했다.

"혈마기를 품지 않았으면 누운 것은 아마 나였을 터."

모든 힘이 다 빠진 독제가 비틀거리면서 무릎을 꿇었다.

주위에 퍼져 있던 마두들은 정신적 지주인 독제의 힘이 빠지자 혈강기를 일으키며 금호의 무림인들을 압박하기 시작했다.

세 명의 마두가 홍수희를 몰아붙였고 몰려온 수많은 혈마인과 무림인이 난전을 벌이고 있었다.

"무금성을 지켜라!"

"숫자가 너무 많습니다!"

엄청난 숫자에 무림인들은 수비진을 형성하며 물러날 수밖에 없었다.

이것은 더 이상 싸움이 아닌 전쟁이었다.

금호에 있던 관군들도 모조리 도륙당하면서 아예 금호 자체를 지워 버리려 미친 듯이 몰려오고 있었다.

그 사이에서 수십의 마두는 금호의 무림인들을 차례차례 베어 넘겼다.

사마일검보다는 못하지만 천하십제에 들고도 충분히 남을 정도로 성장한 그들을 막을 수 있는 자는 드물었다.

수많은 학살을 자행하며 흡수한 혈마기가 그들의 경지를

천하십제와 동등할 정도까지 높여준 것이다.

홍수희는 마두들에게 묶여 있었고 백도무림의 장로들 역시 마찬가지였다.

젊은 후기지수들은 속수무책이었다.

가장 안전한 금호조차 이럴진대 금호가 밀린다면 무림의 운명은 끝이 난 것이나 다름없었다.

당연희와 마화 단수진은 무금성을 불태우려는 혈마인들을 베어 넘기며 거친 숨을 몰아쉬었다.

상대를 할수록 내력에 혈마기가 섞여들어 진기를 운용하기 힘들었다.

결국 피를 토하며 가슴을 움켜쥘 수밖에 없었다.

"끝이 없군요."

"이대로는 무리예요."

당연희의 말에 단수진이 그렇게 대답했다.

단수진은 당연희와 마찬가지로 지친 기색이 가득했다.

삼만이 넘는 대군이 내뿜는 혈마기에 의해 하늘은 핏빛으로 물들어 있었다.

마치 피 속에 있는 것 같은 착각을 할 정도로 잔인한 색이었다.

무림의 미래를 이끌어갈 젊은 후기지수가 하나하나씩 쓰러져 갔다.

'이대로는……!'

당연희의 얼굴에 절망이 어렸다.

담장을 뛰어넘어 오는 병사들은 도저히 인간 같지가 않았다.

비쩍 마른 모습도 그렇고 본능에 따라 움직이는 모습도 그러했다.

너무나 끔찍한 모습에 젊은 후기지수들은 전의를 잃을 정도였다.

순식간에 무금성의 주변은 많은 혈마기를 내뿜는 병사들로 가득 찼다.

당연희가 이를 악물며 내력을 일으킬 때였다.

몰려들던 병사들이 갑자기 멈춰 섰다.

그리고 천천히 뒤로 물러나기 시작했다.

그것은 마두들 역시 마찬가지였다.

당연희는 의문을 가지며 무금성 밖을 바라보았다.

금호에 가득찬 병사들이 일제히 물러나는 모습은 가히 장관이었다.

하지만 당연희는 그 모습을 보고 기뻐할 수 없었다.

신음을 흘리는 많은 무림인이 사방에 깔려 있었고 시체도 가득했다.

그리고 결정적으로 저 멀리서 다가오는 불길함을 느꼈기

때문이다.

"제갈미현……!"

제갈미현.

황제마저 손에 넣은 그녀가 금호에 당도한 것이다.

第六章

제갈미현

제갈미현이 금호의 앞까지 당도하자 모든 병사와 마두가 물러나며 길을 터주었다.

금호의 무림인들 모두가 그 광경을 바라보았다.

혈마인들이 마차를 내려놓자 제갈미현이 안에서 천천히 걸어 나왔다.

그야말로 완벽한 황후의 모습이었다.

범접할 수 없는 느낌이 날 정도로 화려했다.

제갈미현은 불타오르는 금호의 전경을 바라보며 만족스럽게 웃었다.

"제갈미현……!"

"천하의 악녀가 모습을 드러냈다!"

금호의 무림인들은 그렇게 외치며 제갈미현을 향해 살기를 드러냈다.

하지만 제갈미현은 이 모든 광경을 연출한 여인답게 아름다운 미소를 지을 뿐이었다.

"과연, 금호는 아름다운 곳이라 들었는데 그 말이 맞군요. 불타는 모습이라 더욱 아름다운 것 같아요."

"지당하신 말씀입니다."

마두들 중 하나가 맞장구를 쳤다.

제갈미현은 금호를 향해 다가갔다.

펼치는 신법은 상당히 우아했다.

게다가 그녀는 더 이상 약자가 아니었다. 완벽한 강자였다.

지니고 있는 혈고독의 모체가 그것을 가능하게 만들었다.

그녀가 손짓하자 물러났던 혈마인들이 다시 움직이기 시작했다.

하지만 거기서 끝이 아니었다.

그녀는 황궁에서 금호로 진격하며 수많은 촌락과 마을, 그리고 도시를 불태웠다.

그 속에서 사람들을 재료 삼아 번식시킨 혈고독은 그녀의 주위에 늘 맴돌고 있었다.

황궁을 몰락시킨 혈고독은 이제 도시 하나는 깔끔하게 먹어치울 수 있을 만큼 늘어나 있었다.

자욱하게 깔린 혈마기 사이로 혈고독이 꿈틀거리며 그 모습을 드러냈다.

제갈미현의 주변에서부터 뿜어져 나오는 혈고독의 숫자는 짐작할 수 없을 만큼 많았다.

혈고독이 혈마기를 뿜어내더니 금호로 꿈틀거리며 진격했다.

"고독을 저런 식으로 개량했다니……!"

독제는 힘겹게 몸을 일으키며 발밑에서 꿈틀거리는 혈고독을 밟아 죽였다.

혈고독은 부상당해 쓰려져 있는 젊은 후기지수의 입 안으로 빨려 들어가 순식간에 선천지기를 먹어치우고 혈마기를 내뿜게 만들었다.

독제는 그 광경에 신음을 흘릴 수밖에 없었다.

마두들이 음침하게 웃고 있었다.

제갈미현이 존재하는 것만으로 모든 상황이 통제되고 있었다.

그녀의 우월한 두뇌를 느끼게 해주는 대목이었다.

"두뇌가 두렵게 느껴질 줄이야… 나도 늙었군."

진심이 담긴 말이었다.

제갈미현이 등장함으로 인해 무림인들의 기세가 급격하게 꺾였다.

그녀가 만든 끔찍한 광경은 다분히 의도적이었다.

독제는 도저히 승산이 없음을 인정할 수밖에 없었다.

마두들은 어떻게든 상대한다고 하지만 수많은 병사와 혈고독은 대처할 방법이 없었다.

그나마 일반 백성들 대부분이 군대가 몰려온다는 소식을 듣고 피난을 간 것이 다행이었다.

"인세에 지옥이 있다면 이러할까요?"

"무금성에 들어가 있으라 하지 않았느냐."

당연희의 말에 독제가 힘겹게 고개를 돌리며 말했다.

하지만 당연희는 고개를 저었다.

더 이상의 수비는 의미가 없어졌다.

독제의 주위로 살아남은 무림인들이 모여들었다.

구파일방과 마교, 그리고 사파를 모두 합쳤음에도 이백이 넘어가지 않았다.

하나하나가 절정 고수 이상이었지만 눈앞에 적들과 비교한다면 너무나 초라했다.

제갈미현이 신법을 전개해 그들의 앞에 당도했다.

그녀가 내려서자 마두들이 호위하는 형태로 진을 갖추어

섰다.

제갈미현의 주위로 빼곡하게 들어찬 혈고독이 꿈틀거리고 있었다.

"오랜만입니다, 여러분."

"잘도 그 낯짝을 뻔뻔스럽게 들이미는군!"

"사천의 당연희 소저였지요? 여전히 아름다운 미모로군요."

제갈미현이 웃으며 말하자 당연희가 주춤 물러났다.

그녀의 광기 섞인 분위기는 당연희가 감당할 수준이 아니었다.

마화조차 끔찍한 것을 보는 것처럼 제갈미현을 바라보았다.

이토록 사악하고 알 수 없는 여자는 처음이었다.

제갈미현은 자신의 앞에 쓰러져 있는 무당의 젊은 검수를 바라보다가 손짓했다.

그러자 옆에 시립해 있던 마두가 허공섭물로 그를 붙잡고는 제갈미현의 앞에 가져갔다.

제갈미현은 혈고독을 집어 아무렇지도 않게 무당 검수의 입에 쑤셔 넣었다.

무당 검수는 피눈물을 흘리며 몸부림치다가 이지를 상실한 혈마인이 되어버렸다.

그 광경은 모두에게 충격을 줄 만했다.

"여러분 모두 제 수족이 되는 겁니다. 죽는 것보단 낫겠죠."

제갈미현은 눈앞에 있는 모두를 혈마인으로 만들고 인질로 잡아 무생을 이용할 생각이었다.

그것이 유일하게 무생을 막을 수 있는 방법이었다.

"네 마음대로 될 것 같느냐?"

"지금까지 모두 제 마음대로 되었으니 앞으로도 그럴 테지요."

독제의 일갈에 제갈미현은 태연하게 답했다.

"어리석군."

독제는 누구보다도 똑똑한 그녀를 보고 어리석다고 말했다.

그는 제갈미현의 마음을 읽을 수 있었다.

평소라면 불가능했을 테지만 탐욕과 집착에 눈이 먼 제갈미현은 그 틈을 보여주고 있었다.

고독과 외로움, 그리고 고통에 사무쳐 있다가 비뚤어진 형태로 그것이 삐져나온 것이었다.

어린 시절 거의 노예 수준으로 모용준에게 팔려온 그녀가 품은 독기가 이러한 결과를 낳았다.

어쩌면 백도무림이 방관한 탓인지도 몰랐다.

"걱정 마세요. 가장 큰 고통을 느끼게 해드릴 테니. 죽고 싶을 정도로."

제갈미현의 광기는 이미 하늘에 닿아 있었다.

너무나 많은 사람이 죽고 한 나라가 피폐해졌다.

두려운 것은 이것이 끝이 아니라는 점이었다.

그녀는 더욱 많은 피를 갈구할 것이고 천하를 핏빛으로 물들일 것이다.

제갈미현이 손을 뻗자 혈고독과 혈마인으로 변한 병사들, 그리고 천하십제에 들고도 남을 마두들이 달려들기 시작했다.

모두의 눈에 절망이 담길 때였다.

콰가가가!

뒤에서 들리는 굉음에 제갈미현의 고개가 돌아갔다.

그녀의 표정이 처음으로 굳어졌다.

시선이 닿은 곳에는 무생이 혈고독을 모조리 증발시키면서 서 있었기 때문이다.

후드드득!

무생의 뒤에 있던 산맥이 무너져 내리는 광경이 보였다.

무생은 산맥을 타넘고 오지 않았다.

산맥을 무너뜨리며 그대로 직진해 당도한 것이었다.

제갈미현이 설치해 놓은 진도 그를 멈추게 할 수 없었다.

제갈미현은 생각보다 너무 빨리 나타난 무생의 모습에 당황했다.

그녀의 계산은 이제까지 틀린 적이 없었기 때문이다.

그러나 그녀는 무생의 본신 능력을 모두 다 알고 있지 못했다.

모용천이 무생을 묶어두기는커녕 자극했고, 모용천이 미치지 않았다는 것 역시 모르고 있었다.

"네가 이 고독의 주인이로군."

혈고독은 무생을 두려워하며 피하려 했지만 염강기가 모조리 혈고독을 집어삼켰다.

산맥이 무너지는 모습과 치솟는 염강기에 모두가 넋을 잃고 있었다.

제갈미현만이 냉정함을 유지하며 무생을 바라보았다.

"염마지존 무생……."

제갈미현이 무생의 이름을 입에 담았다.

그녀의 목소리는 조금씩 떨리고 있었다.

그러나 무생은 늘 그렇듯 여유로운 모습이었다.

다만 소매에 피가 조금 묻어 있을 뿐이었다.

그가 나타난 순간 이미 전세는 기울어져 있었다.

물론 무생 쪽으로 말이다.

무생의 압도적인 존재감이 금호 일대를 휘감았다.

제갈미현은 지금 무생이 점차 분노로 물들고 있음을 알아차렸다.

그의 시선에 몸이 굳어버려 움직일 수가 없었다.

그것은 두렵다는 개념이 아니었다.

자신의 존재가 지워져 버릴 것 같은 감각에 사지가 굳어버린 것이다.

제갈미현은 간신히 숨을 내쉬며 떨리는 손을 움직였다.

무생은 제갈미현을 바라보다가 주위에 있는 마두들에게로 시선을 옮겼다.

시선이 닿은 마두들은 움찔하며 몸을 떨고는 주춤 물러났다.

이 자리에 있는 모두 더 이상 주위에 포진되어 있는 수만의 병력을 신경 쓰지 않았다.

그들은 이미 무생에게서 퍼져 나간 압도적인 선천지기의 흐름 속에 피를 토하며 죽어나가고 있었다.

마두들 역시 날뛰기 시작한 혈마기에 몸을 비틀거렸다.

'아직 끝이 아니야.'

상황이 순식간에 반전되고 두려움에 빠진 제갈미현이었지만 그녀는 이 상황을 타계할 방법을 침착하게 생각했다.

금호를 인질로 잡았다면 상황이 달라졌을 테지만 안타깝게도 그녀가 얻은 것은 없었다.

최대의 전력인 모용천이 희생되었고 그동안 번식시킨 혈고독도 대부분 죽어버렸다.

마두들과 남아 있는 혈마인이 있기는 하지만 그것으로 목적을 이루기는 어려워 보였다.

제갈미현은 손톱을 물어뜯으며 도주할 방도를 살피기 시작했다.

"막아."

제갈미현은 모든 마두와 혈마인에게 그렇게 명령했다.

조금만 시간을 벌 수 있다면 도주할 수 있을 것이라 생각한 것이다.

산으로 들어가 기문진을 설치하며 도망친다면 무생이라 하여도 쉽게 쫓을 수 없으리라 생각했다.

제갈세가의 진법은 이미 하늘에 닿았음에 틀림없었기 때문이다.

혈고독을 지닌 자들은 제갈미현의 명령을 결코 거절할 수 없었다.

이성이 마비당하며 무생을 향해 마두들과 혈마인들이 달려들기 시작했다.

수만의 혈마인과 현경에 이른 마두들이 달려드는 모습은 마치 전쟁터의 한복판을 연상시켰다.

"으음……."

"무 공자……."

독제가 신음을 흘렸고 당연희는 걱정스러운 표정으로 무생을 바라보았다.

하지만 독제와 당연희는 물론, 금호에 있는 모두가 무생의 패배를 점치지 않았다.

무생이 진다는 것은 그들의 머릿속으로는 상상조차 할 수 없는 일이었다.

염마지존 무생은 무신이었고 그야말로 무적이었다.

무생은 다가오는 거대한 무리들을 그저 바라만 보고 있을 뿐이었다.

마치 손을 쓸 필요도 없다는 듯한 얼굴이었다.

그런 여유로운 모습에 마두들의 인상이 구겨졌다.

이런 취급을 받았던 적은 단 한 번도 없었기 때문이다.

분노와 굴욕, 그리고 혈마기로 이성이 마비된 그들이 진신내력을 뿜어내며 무생에게 달려들었다.

수만의 무리가 무생과 부딪혔다.

콰아앙!!

무생의 근처에 다다른 혈마인들의 몸이 모조리 폭발하며 형체조차 남기지 않고 산화되었다.

무생의 지척에도 닿기 전에 붉은 안개만을 남기며 산화한 것이다.

무생은 전혀 미동도 하지 않고 그 자리에 가만히 서 있을 뿐이었다.

터져 나가는 혈마인들을 바라보던 그가 드디어 손을 움직이기 시작했다.

"크아아악!"

"커어억!"

무생의 손을 따라 뿜어져 나간 염강기가 수천의 혈마인을 단번에 날려 버렸다.

무생은 제갈미현이 신법을 전개해 도주하는 것을 보았다.

혈마기를 지배하는 여인답게 절묘한 신법으로 빠르게 사라지고 있었다.

"죽어랏!

마두들은 혈마강기를 뿜어내며 동귀어진에 가까운 전력을 뿜어냈다.

현경에 이른 마두들의 무공은 분명 인세에서 보기 드문 광경일 것이다.

하늘을 가르는 강기다발이 무생을 향해 뿜어져 나왔다.

강기들은 마치 살아 있는 것처럼 움직이며 주변의 모든 것을 쓸어버렸다.

마두들은 무생이 피한다고 하더라도 내상을 입을 것임을 믿어 의심치 않았다.

그들이 진신 내력을 모두 소모하여 펼친 합공은 혈마강기를 한 차원 높은 단계로 끌어 올렸기 때문이다.

과거 혈마존이 돌아온다고 해도 발휘할 수 없는 것이었다.

하늘을 유영하던 강기다발이 합쳐지며 무생의 지척에 달했다.

무생은 혈강기를 바라보다가 가볍게 손을 뻗어 그것을 잡았다.

콰가가가가!

무생의 손에 혈강기가 닿는 순간 주변의 지면이 하늘로 치솟으며 충격파가 금호 일대를 휩쓸어 버렸다.

넋을 놓고 있던 무림인들이 충격파에 휩쓸리며 나가떨어졌다.

산맥이 진동할 정도로 강력한 충격파였다.

"이럴 수가……!"

"그걸 손으로……!"

마두들은 경악에 물들 수밖에 없었다.

누구도 막을 수 없을 것 같던 혈강기를 손으로 막아낸 것도 모자라 단지 주먹을 쥐는 것으로 그것을 단번에 없애 버린 것이다.

그것은 호신강기의 개념을 아득히 뛰어넘는 광경이었다.

경악으로 물든 마두들과는 다르게 무생은 아무 일도 없다는 표정이었다.

무생이 손을 터는 순간 마두들이 펼쳤던 혈강기가 허무하게 사라졌다.

마두들은 두려움에 몸이 굳기 시작했다.

혈고독은 끊임없이 무생을 저지하라는 명령을 내리고 있었지만 살고 싶다는 강렬한 본능이 그것을 잠시 멈추게 하고 있었다.

"끝인가?"

무생이 나지막하게 말했다.

목소리는 작았지만 기이하게도 금호의 모든 이에게 또렷하게 들렸다.

무생은 이들이 할 수 있는 모든 발악을 윤허해 주고 있었다.

모든 발악을 눈에 담은 후 모조리 쓸어버릴 예정이었다.

제갈미현이라도 다르지 않았다.

그녀가 산맥으로 도주한 것을 보고만 있는 것도 그런 이유였다.

그녀는 결코 무생의 손에서 벗어날 수 없었다.

눈앞에 있는 지긋지긋한 것들을 없애 버린 뒤, 혈고독에 관한 모든 것을 끝낼 생각이었다.

"별 볼 일 없군."

고작 이러한 힘을 위해서 그런 귀찮은 짓을 한 것이 마음에 들지 않은 무생이었다.

남궁소연이 가족을 잃고 스스로의 목숨조차 위태로운 상황이었다.

고작 이 정도의 힘을 위해 많은 사람을 죽이고 자신을 분노하게 한 저들을 용서하지 않을 생각이었다.

"그럼… 이만 사라져라."

무생은 주먹을 쥐었다.

그의 내력은 끊임없이 치솟으며 금호 일대를 모조리 장악했다.

무생록 삼 단계를 해방하고도 계속해서 뿜어져 나오고 있는 것이다.

금호를 황금빛으로 가득 메운 무생의 선천지기는 또 다른 기적을 만들어내기 시작했다.

"사, 상처가……!"

"내력이 차오른다!"

혈마인들과 마두들에게 당해 목숨이 경각에 달해 있던 무림인들의 상처가 순식간에 회복되었고 내공이 다시 차오르기 시작했다.

금호 주변에서 꿈틀대던 혈고독이 모조리 증발하며 사라졌다.

무생은 그러한 황금빛 광경 속에서 천천히 주먹을 뒤로 당겼다.

그는 자신이 비로소 삼 단계를 완벽히 점령했음을 깨달았다.

사 단계로 넘어가는 문턱에 서서 돌아보니 감정을 닫으며 눈과 귀를 막았던 자신이 너무나 어리석게 느껴졌다.

그것이 자신을 무력하게 만들었고 죽음만을 갈구하는 아귀로 만든 것이다.

외면하지 않고 받아들인다면 모든 것은 언젠가 극복할 수 있게 마련이다.

천무권 극의.

금호를 물들였던 황금빛 기운들이 무생의 주먹으로 모여들기 시작했다.

밝은 빛에 휩싸여 있던 금호가 순식간에 어두워졌다.

그와 동시에 무생은 태양처럼 빛나기 시작했다.

밝은 빛에 마무들이 손을 들며 눈을 가렸다.

극진천멸권장.

무생의 주먹이 천천히 뻗어졌다.

삼 단계의 극의에 이른 경지에서 펼쳐지는 천무권은 상상할 수 없는 광경을 만들어내고 있었다.

무생의 주먹이 뻗어진 곳은 혈마인들과 마두들이 있는 곳이었다.

그리고 그 넘어서는 금호가 있었다.

무생의 주먹이 뻗어진 순간 황금빛 강기가 천지를 뒤덮으며 금호를 향해 뻗어나갔다.

태양이 지상으로 낙하해 모든 것을 태워 버리는 그런 모습이었다.

마두들은 그 자리에 우두커니 선 채 자신에게 다가오는 재앙과도 같은 풍경을 바라볼 수밖에 없었다.

거대한 불길에 휩쓸린 순간 그들의 모든 혈마기가 분해되어 버리고 한 줌의 재조차 남기지 않으며 사라져 버렸다.

그것은 이 일대를 가득 메우고 있던 혈마인들에게도 똑같이 적용되었다.

태양 같은 황금빛 기운이 삽시간에 금호를 넘어 산맥까지 퍼져 나가며 부정한 모든 것을 태워 버렸다.

하나 금호에 있는 무림인들에게는 전혀 피해가 없었다.

오히려 그들의 기운을 더욱 활기차게 만들어줄 뿐이었다.

무생이 주먹을 내리는 순간 황금빛 기운이 사라지며 모습을 감추었다.

마치 아무 일도 없었다는 듯 주변은 너무나 평온했다.

혈마인과 마두들이 습격했다는 것이 믿겨지지 않을 만큼 깔끔했다.

풀벌레 우는 소리가 고요하게 울려 퍼졌다.

무생은 그 끝을 모르며 치솟는 선천지기를 다시 불러들여 갈무리했다.

손에 맺혀 있는 타오르는 염강기를 바라보다 손을 휘저으며 그것을 꺼버렸다.

무생은 몰려드는 허무함에 잠시 눈을 감았다.

"무 공자!"

멀리서 당연희가 신법까지 전개해 달려왔다.

가까이 다가온 순간 그녀는 무생에게 안겨들었다.

무생은 흐느껴 우는 당연희의 모습에 그녀를 떨쳐 버릴 수 없었다.

그저 등을 천천히 쓰다듬어 줄 뿐이었다.

"오셨군요."

"건강해 보이는군."

"그것이 아쉽나요?"

그 뒤를 이어 다가온 단수진의 말에 무생은 작게 웃음을 내뱉고는 연이어 금호의 모두를 바라보았다.

흐뭇한 표정의 독제와 만복금, 그리고 감격 어린 표정을 짓고 있는 홍수희가 있었다.

다른 구파일방의 무림인들도 존경 어린 눈빛을 보내고 있었다.

무생은 이미 그들에게 있어 신이나 마찬가지인 존재였다.

품에서 떨어진 당연희가 얼굴을 붉히며 무생을 바라보았다.

"이제 다 끝난 건가요?"

"마무리 지어야 할 일이 남아 있다. 모두 끝내려면 많은 세월이 걸릴 것 같군."

무생의 말에 당연희는 달아난 제갈미현을 떠올렸지만 많은 세월이라는 뜻은 알아들을 수 없었다.

무생은 불사를 이룬 모용천을 떠올리며 그런 말을 내뱉은 것이다.

지금의 무생으로서는 모용천을 죽일 수 없었다.

봉인된 모용천은 오랜 세월이 지난다면 스스로 혈마기를 회복해 깨어날 것이다.

무생은 산맥을 바라보았다..

기문진을 설치하며 도주하고 있는 제갈미현을 잡는 것은 인간의 힘으로 불가능했다.

하나 무생은 제갈미현의 두뇌를 무색하게 할 만큼 압도적인 힘을 지니고 있었다.

"갔다 오마."

짧게 말하고는 무적수라보를 시전했다.

무적수라보가 뻗어나가는 방향은 제갈미현이 있는 바로 그 산맥이었다.

*　　*　　*

제갈미현은 필사적으로 도망치고 있었다.

지니고 있는 모든 힘을 발휘해 기문진을 치며 도주하고 있는 것이다.

난해한 기문진을 순식간에 설치하고 사라지는 그녀는 가히 하늘의 두뇌를 지녔다고 할 수 있었다.

'아직 끝이 아니야.'

그녀는 스스로 졌다고 생각하지 않았다.

오히려 탐욕에 더욱 불타오를 뿐이었다.

압도적인 무생의 무력은 그녀를 더욱 흥분시켰다.

가지고 싶다는 욕망이 두려움을 앞지르고 있었다.

혈고독을 좀 더 개량한다면 그 남자를 차지할 수 있을 것이다.

그렇게 된다면 세상을 모두 얻을 수 있을 것이다.

'이제 시작이야.'

그녀는 그렇게 생각하며 산맥을 벗어나기 위해 빠르게 내력을 끌어 올렸다.

이 정도 기문진을 펼쳤으니 자신의 몸 하나 정도는 숨길 수 있을 것이라 생각했다.

'세외로 가야겠어.'

그곳을 천천히 점령한 후에 다시 중원으로 진출할 계획을 세운 제갈미현이었다.

제갈미현은 자신을 두려운 눈으로 바라보던 금호의 무림인들을 생각하며 몸을 떨었다.

그 쾌감은 쉽게 버릴 수 없는 것이었다.

"나를 두려워하며 모두 죽어나갈 거야."

황실을 쑥대밭으로 만든 그녀에게 가장 잘 어울리는 말이었다.

제갈미현이 섬뜩한 웃음을 그리며 산맥의 끝에 도달할 때였다.

두드드드드!

바닥에서 진동이 느껴졌다.

마치 지진이라도 일어난 듯한 강렬한 진동이었다.

주변에 있던 나무들이 바닥으로 꺼지며 모습을 감추었다.

설치한 기문진이 서서히 깨지며 본래의 모습으로 돌아가

고 있었다.

제갈미현은 화들짝 놀라며 뒤를 돌아 높게 솟아 오른 산맥의 봉우리를 바라보았다.

봉우리가 무언가에 의해 크게 흔들리더니 그대로 박살 나 대규모 산사태를 일으키기 시작했다.

"무… 생!"

이런 광경을 만들어낼 수 있는 존재는 단 하나밖에 없었다.

바로 염마지존 무생이었다.

무생이 기문진에 잡혀 있을 것이란 생각은 제갈미현만의 착각이었다.

기문진으로 들어갔다면 시간을 지체했을지도 모르지만 무생은 앞을 가로막는 산맥 자체를 그대로 관통하며 제갈미현에게 뻗어오고 있는 것이었다.

제갈미현은 무생이 혈마인들과 마두들을 상대하느라 지쳤을 것이라 여겼지만 무생은 지친다는 것을 몰랐다.

무적수라보는 빛살이라 부를 수 있을 만큼 빨랐다.

제갈미현이 존재감을 느꼈을 때는 이미 무생이 그녀 앞에 당도해 있었다.

무생은 그녀의 앞을 막아서며 태연하게 섰다.

"꼴사납군."

무생은 제갈미현을 보며 그렇게 말했다.

그녀의 고급스러운 옷은 이리저리 찢어져 넝마가 되어 있었다.

황후에 어울리는 복장이었지만 지금은 도망치는 기녀 같은 느낌이었다.

"이럴 수는 없어……!"

제갈미현은 발악하며 주춤 물러났다.

눈을 굴리며 도망칠 방도를 찾았지만 애석하게도 무생이 눈앞에 있는 이상 그것은 꿈일 뿐이었다.

사람들을 대량으로 죽인 여자답지 않은 모습이었다.

"아직 끝나지 않았어. 조, 조금만 시간이 있으면 나, 나는……."

평정심을 잃은 제갈미현에게서는 더 이상 총기를 찾아볼 수 없었다.

그저 겁에 질린 죄수일 뿐이었다.

무생은 그런 제갈미현의 모습에 상당히 실망했다.

혈마존이나 모용천보다 격이 떨어지는 모습이었다.

"검노가 보면 이런 말을 할 테지."

무생은 천천히 제갈미현에게 다가갔다.

제갈미현은 호화스러운 보석이 붙어 있는 검을 뽑으며 무생에게 겨누었다.

검 끝은 쉴 새 없이 떨리고 있었다.

"염라대왕이 좋아할 거라고."

"오, 오지 마!"

제갈미현은 뒤로 물러나다가 큰 나무에 등을 부딪쳤다.

더 이상 도망칠 곳은 없었다.

무생은 천천히 다가와 제갈미현의 앞에 섰다.

그 존재감에 짓눌린 제갈미현은 바들바들 떨며 선처를 바랄 뿐이었다.

무생은 선천지기를 일으키며 그녀의 이마에 손을 뻗었다.

염강기가 제갈미현의 내부로 들어가 그녀가 지니고 있던 혈고독의 숙주를 그대로 죽여 버렸다. 수많은 학살을 일으킨 원흉치고는 너무나도 허무한 최후였다.

"꺄아아악!"

제갈미현은 그대로 주저앉으며 비명을 질렀다.

엄청난 고통이 전신을 휘감았다.

무생의 선천지기는 그녀를 결코 용서하지 않았다.

그녀의 몸에 있는 혈마기를 박살 내며 그녀를 끝없는 고통 속으로 끌어당기고 있었다.

"끝났군."

이제 혈교의 흔적은 남지 않았다.

단지 모용천만이 봉인되어 존재할 뿐이었다.

무생은 고통에 바르르 떨다가 무너져 내리는 제갈미현을

싸늘한 눈으로 바라보았다.

제갈미현에게 죽음이란 너무나 쉬운 형벌이었다.

무생은 선천지기를 불어넣음으로써 그녀를 끝없는 고통과 자책 속으로 빠뜨렸다.

"꺄아아악!"

"땡중은 그런 말을 했지. 참회가 죽음보다 어렵다고."

무생은 제갈미현을 무너진 봉우리 틈에 허공섭물로 파묻었다.

손을 뻗자 남아 있던 봉우리가 무너져 버리며 제갈미현의 모습이 사라졌다.

그녀는 무생의 선천지기에 의해 죽지 못하는 참회의 고통 속에서 남은 평생을 지내야만 했다.

죽을 때까지 고통을 느끼며 그동안의 삶을 돌아봐야 할 것이다.

"이제 조용하겠지."

세상은 다시 조용해질 수 있을 것이다.

무생은 그답지 않게 길게 숨을 내쉬었다.

무언가 일단락되었다는 느낌이 마음을 편안하게 만들어주었다.

무생은 천천히 웃으며 등을 돌렸다.

바라보고 있는 쪽은 금호였다.

산맥에 구멍이 뚫려 금호로 가는 동굴이 완성되어 있었다.

"나쁘지 않군."

무생은 그렇게 말하며 천천히 금호로 향하기 시작했다.

무적수라보로 당도했을 때와 확실하게 대비되는 걸음이었다.

금호로 가는 지름길이 마음에 든 무생이었다.

혈마기의 흔적은 사라졌지만 파괴의 흔적은 금호 곳곳에 여전히 남아 있었다.

무림인들은 무생의 무위를 찬양하며 무너진 산맥을 보며 득도를 했지만 무생은 전혀 신경 쓰지 않았다.

그는 잠시 여유를 가지며 해야 할 일들을 생각하기 바빴다.

第七章

황산

금호로 돌아온 무생은 무림인들의 열렬한 환호를 받았다.

검은 연기가 치솟는 금호는 보기 좋은 광경은 아니었지만 무림인들은 모두 진심으로 기쁜 표정이었다.

아직 수습할 일은 남았지만 무림의 건재함에 모두가 안도한 것이다.

무생이 고금제일인인 것은 누구나 다 아는 사실이었지만 구파일방, 사파연합, 그리고 마교에서는 무생을 진정한 무신으로 추대하며 업적을 기렸다.

하나 그는 명예나 권력 따위에는 전혀 관심이 없었다.

제갈미현이 사라지고 보름이 넘어간 시점에서 그저 금호를 떠날 채비를 할 뿐이었다.

"형님, 어디로 가십니까?"

"들를 곳이 있다. 그 후 황산으로 간다."

무생의 말에 만복금은 천천히 고개를 끄덕였다.

무생이 어째서 황산으로 가는지 알고 있었다.

남궁소연과의 약속을 이행하기 위해서였다.

반쯤 기운 무금성 앞에 무생이 나타났다. 금호의 모두가 그를 배웅하기 위해 나와 있었다.

구파일방의 원로들, 오대세가의 무림인, 사파연합과 마교의 인원들까지 나와 무생에게 극진한 예를 차렸다.

그동안 끊임없이 싸워온 그들이 한데 모여 누군가에게 고개를 숙이는 일은 무림 역사상 다시는 없을 장면이었다.

"회의가 끝나면 저도 황산으로 가겠어요."

당연희가 그렇게 말했다.

그녀와 뜻을 같이한 자들은 상당했다.

홍수희 역시 그중 하나였다.

이제 무생신교는 무생과 홍수희를 떠나 스스로 성장을 이룰 수 있게 되었다.

홍수희는 지하에서 무림의 분쟁을 묵묵히 해결하라는 말을 남겼을 뿐이었다.

그것이 무생의 뜻일 것이라 짐작했다.

만복금은 무생이 하는 모든 일에 전폭적인 지원을 해줄 것이었고 무림의 모든 문파 역시 그러할 것이다.

"그럼 황산에서 보도록 하지, 무생."

"밥이나 잘 챙겨 드시오."

독제의 말에 그렇게 답한 무생은 망설임 없이 등을 돌렸다.

무생의 모습이 순식간에 사라졌다.

그가 향한 곳은 남궁소연이 있는 곳이었다.

제갈미현이 사라졌으니 그녀를 원상태로 돌릴 방도가 생긴 것이다.

금호에서부터는 굉장히 먼 거리였지만 무생의 무적수라보 앞에서는 그리 멀지 않았다.

빛살처럼 뻗어가는 무적수라보는 무생이 극복한 무생록 삼 단계의 진수를 모두 담고 있었다.

변화무쌍했지만 그 속에 압도적인 힘이 담겨 있었고 때로는 갈대처럼 유연하게 움직였다.

마치 모든 것을 담고 있는 하늘과 같은 움직임이었다.

밤낮을 쉬지 않고 달려 무생은 제갈세가를 지나칠 수 있었다.

제갈세가의 장원은 불타 있었다.

예전의 화려했던 모습은 결코 찾아볼 수 없었다.

무생은 제갈세가를 지나쳐 남궁소연을 두고 온 장소에 도달할 수 있었다.

천천히 동굴 안으로 들어가 얼음 안에 갇혀 있는 남궁소연을 바라보았다.

무림에 나와서 겪었던 모든 기억이 스쳐 지나갔다.

세월을 그저 흘려보낼 뿐이던 무생은, 기억을 추억이라 생각할 만큼 변해 있었다.

그런 변화를 스스로 역시 느끼고 있었다.

"네 덕분인지도 모르지."

무생은 창백한 얼굴로 잠들어 있는 남궁소연을 바라보았다.

차분한 눈으로 그녀를 바라보다 선천지기를 개방하기 시작했다.

삼 단계의 극의를 이루었으니 혈강시로 변한 그녀의 신체를 원래대로 회복시킬 수 있을 것이다.

무생의 손에서 태양처럼 빛나는 염강기가 뻗어나갔다.

염강기가 얼음을 녹여 버리며 남궁소연의 몸으로 빨려들어 갔다.

세상의 모든 양기를 모은 듯한 무생의 염강기에 보통이라면 남궁소연의 몸이 타버렸겠지만 결과는 그렇지 않았다.

남궁소연의 창백했던 피부가 오히려 활기를 띠며 본래의

색으로 돌아오고 있었다.

혈마기가 모조리 정화되고 있는 것이다. 몸에 있던 혈고독은 죽은 지 오래였다.

무생이 남궁소연을 본래의 모습으로 돌리는 데에는 그리 많은 시간이 소요되지 않았다.

얼음이 모두 사라지고 동굴에 있던 한기가 내려앉을 시점에 남궁소연은 혈강기의 모습에서 벗어날 수 있었다.

무생의 끝을 모르는 선천지기가 남궁소연을 여전히 공중에 띄우고 있었다.

남궁소연의 모든 혈맥이 타동되고 단전이 다시 깨끗하게 채워졌다.

세세한 혈맥까지 침투한 혈마기를 모두 정화하자 자연스럽게 전신의 모든 혈맥이 타동된 것이다.

남궁소연으로서는 결코 이루지 못할 경지로 일순간에 진입했다.

정신을 차리고 꾸준하게 수련한다면 그 몸 상태를 유지할 수 있을 테지만 조금이라도 게을리한다면 곧 혈맥이 막혀 나갈 것이다.

그녀의 경지는 온전히 그녀의 것이 아니었으니 말이다.

꿈도 못 꿀 기연을 얻은 것이지만 애석하게도 그 광경을 보며 경악할 자가 없었다.

무생은 그녀의 체온이 정상적으로 돌아온 것을 느끼며 천천히 고개를 끄덕였다.

"먹을 것이 필요하겠군."

무생은 남궁소연을 바라보다가 그렇게 말한 후 고개를 돌려 동굴 밖으로 나갔다.

다시 돌아왔을 때에는 고운 의복이 손에 들려 있었다.

무생의 눈에는 전혀 차지 않는 수준이었지만 그래도 이 근방에서 쉽게 찾아볼 수 없는 좋은 옷이기는 했다.

가는 길에 짐승 몇 마리를 잡아 근처 마을에 처분하고 의복을 산 무생이었다.

그리고 손수 주방을 빌려 요리도 해왔는데 그가 직접 한 요리라 그런지 빛깔부터 달랐다.

남궁소연에게 옷을 걸쳐 준 후 그녀를 안아 들었다.

"많이 돌아왔군."

무생은 처음 만남에 대해 떠올려 보았다.

우연치 않게 구해주고 그녀의 부탁에 따라 무림에 나온 것이 전부였다.

하지만 어쩌면 자신을 기다리고 있는 운명의 일부인지도 모른다고 생각했다.

자신에게는 적이 기다리고 있었고 그것은 자신만 막을 수 있는 것이었다.

혈교를 부수고 제갈미현을 가둠으로써 모든 것이 끝난 것처럼 느껴졌지만 아직 해결해야 할 문제가 남아 있기는 했다.

그것이 바로 모용천이었다.

무수한 세월을 지나 모용천을 다시 만나게 될 때 무생은 모든 것을 마무리 지으려 했다. 자신 역시 말이다.

무생이 생각에 빠져 있을 때 그녀의 눈썹이 파르르 떨려왔다.

그녀의 눈이 떠지며 무생의 얼굴에 고정되었다.

그의 입가에 걸려 있는 작은 미소를 본 순간 남궁소연의 얼굴이 멍한 표정으로 변했다.

"오라버니?"

"괜찮나?"

"저는……."

남궁소연은 그동안 겪었던 일이 모두 기억났다.

혈마인으로 변한 모용천에게 납치를 당하고 강제로 혈강시가 된 일. 정신을 잃어버리기 전까지의 모든 순간이 떠올랐다.

남궁소연의 눈에서 눈물이 차올라 뺨을 타고 흘러내렸다.

"더 이상 그런 일은 없을 것이다."

무생은 그런 남궁소연을 바라보다가 천천히 바닥에 내려주었다.

남궁소연은 알몸에 옷이 아슬아슬하게 걸쳐져 있음을 알고 얼굴을 붉혔지만 정작 무생은 아무렇지도 않은 표정이었다.

"늘 저를 구해주시는군요."

"약속하지 않았느냐."

무생은 남궁소연과 시선을 맞추었다.

무림에 나온 목적은 명백했다.

죽음을 얻는 것, 그리고 황산에 남궁세가를 세워주는 것.

무생록이라는 가능성을 얻은 이상 남궁소연은 약속을 지킨 것과 다름없었다. 남은 것은 이제 단 하나였다.

무생은 잘 차려진 음식을 남궁소연에게 건넸다.

"먹거라."

"오라버니……."

"기운을 차려야 먼 길을 갈 수 있다."

남궁소연이 무슨 말이냐는 듯 무생을 바라보다 파르르 떨리는 입을 떼어 간신히 목소리를 냈다.

"어디를 간다는 거죠?"

"황산."

무생이 웃으며 대답하자 남궁소연의 눈에서 더욱 많은 눈물이 떨어져 내렸다.

그녀는 눈물을 닦으며 환하게 웃었다.

드디어 모든 일이 끝났다는 사실이 실감이 된 것이다.

* * *

남궁소연이 기운을 차리자 무생은 황산으로 가는 길에 올랐다.

무생의 선천지기가 더욱 높은 경지로 끌어 올려주었기에 그녀는 오히려 전보다 더욱 건강해졌다.

무생은 틈틈이 그녀에게 알맞은 무공을 전수해 주었는데 덕분에 남궁소연은 경지가 퇴보되지 않고 원상태를 유지할 수 있었다.

곧 검제의 경제를 뛰어넘게 될 것이지만 남궁소연에게 그런 것은 아무래도 좋았다.

지금은 무생과 함께 평화로운 기분을 즐기고 싶은 마음뿐이었다.

혈교의 모든 음모, 그리고 제갈미현과 무림맹의 정체가 만천하에 드러나자 남궁세가는 다시 오대세가의 명예를 회복할 수 있었다.

남아 있는 것은 남궁소연뿐이었지만 무생이 지원을 하니 토를 달 사람은 존재하지 않았다.

"많은 일이 있었네요."

"그리 큰일은 아니었다."

무생은 남궁소연과 황산으로 향하면서 그동안 있었던 일들을 말해주었다.

남궁소연은 자신이라면 벌써 포기했을 법한 일들을 아무렇지도 않게 넘어온 무생이 정말 대단하게 보였다.

"세상이 혼란스럽겠군요."

"신경 쓰지 말거라."

정권이 바뀌고 혼란스러운 상황이었지만 남궁소연의 눈에 비친 풍경은 너무나 평화로워 보였다.

그것은 무생이 존재해서였다.

엄청난 대군을 홀로 막아낸 무생이 있는데 그 어떤 간 큰 놈이 덤빌 수 있단 말인가.

이미 소문은 만천하에 퍼져 무생을 신으로 추대하는 자가 파다한 형국이었다.

"저기 황산이 보여요!"

남궁소연이 기쁨을 감추지 못하며 앞서가자 무생은 작게 웃으며 그녀를 뒤따랐다.

황산은 예전과는 확실히 다른 모습이었다.

무생이 기억하는 황산은 혈마기에 휘감겨 있는 곳이었지만 지금은 기분 좋은 기운이 흐르고 있었다.

황산 근처에 장원을 두고 있었던 남궁세가는 이미 사라진

지 오래였고, 무생신교가 황산을 관리하면서 만든 거대한 마을이 위치하고 있었다.

만복금이 막대한 돈을 투자하자 자연스럽게 사람들이 모이기 시작했고 지금은 완벽하게 자리를 잡고 있었다.

이제 황실에서 영웅으로 추대받고 있는 만복금은 꽤나 높은 벼슬을 얻었다고 하는데 무생은 자세한 일은 모르고 있었다.

남궁소연은 추억에 젖고 있었다.

그녀가 자라고 가장 행복했던 시절을 보냈던 곳의 풍경이 눈앞에 펼쳐져 있는 것이다.

지금은 아무도 존재하지 않았지만 슬퍼하기에는 너무 많은 일이 있었다.

무생이 있는 것만으로 충분히 위로가 되고 있었다.

황산 아래에 있는 마을, 원래 남궁세가의 장원이 있던 곳에 도착하자 많은 이가 마중 나와 있었다.

홍수희는 물론이고 만복금, 독제, 당연희, 그리고 단수진, 팽하월까지 있었는데 구파일방의 인원들도 보였다.

남궁소연이 눈을 깜빡이면서 그들을 바라보다가 미소를 띠며 다가갔다.

모두 남궁소연의 귀환을 환영하며 따듯한 시선으로 맞이해 주었다.

무생은 그 광경을 바라보며 마음에 무언가 차오르는 것을 느꼈다.

무생에게 다가온 독제가 웃는 낯으로 입을 떼었다.

"보기 좋군. 그렇지 않나?"

"그렇소."

"자네도 많이 변했어. 처음 만났을 때보다 많이 사람다워."

독제의 말에 무생은 고개를 끄덕였다.

자신 스스로도 변화를 느끼고 있으니 말이다.

"사천에 안 가고 여기서 뭐하는 거요?"

무생이 그렇게 묻자 독제는 당연희를 힐끔 바라보다 헛기침을 내뱉었다.

"아무튼 들어가세. 자네를 기다리고 있는 장인이 많이 있다네."

독제가 말을 돌리자 무생은 고개를 설레 젓고는 마을 안으로 들어갔다.

마을 안에 들어서자 많은 무림인이 환호를 하며 염마지존을 외쳤다.

무생은 그런 와중에도 마을의 건물들을 바라보며 고개를 끄덕였다.

제법 잘 지어진 건물들이 그의 마음을 흡족하게 만들어주었다.

"무 사부! 오셨구려."

"음, 오랜만이군."

"무 사부께서 오시기 전까지 남궁세가 작업은 하지 않고 있었소."

무생은 고개를 끄덕였다.

장인들도 남궁세가만큼은 무생이 지으려 한다는 것을 알고 있었기 때문이다.

장인들은 무생이 이곳에 도착해서 작업을 시작할 날들만 기다리고 있었다.

신의 경지를 넘어선 무생의 실력을 다시 보는 것이 그들의 소원이었기 때문이다.

"지체할 것 없겠지, 만복금."

"예, 형님."

"자금은 충분한가?"

무생이 묻자 만복금은 웃음을 띠우며 고개를 끄덕였다.

"황궁을 세울 수 있을 정도로 남아돕니다. 걱정하지 마십시오."

"잘되었군."

무생은 턱을 쓰다듬으며 그렇게 말했다.

무생은 능히 천 년을 아무렇지도 않게 버틸 수 있는 건물을 지으려 하고 있었다.

무생록에서 얻은 깨달음으로 짓는 건물은 역사상 가장 훌륭한 건축물이 될 것임에 틀림없었다.

"작업을 시작하도록 하지."

"예!"

지체할 것도 없었다. 무생이 그렇게 말하자 장인들은 우렁차게 외쳤다. 그렇게 황산을 시끄럽게 할 공사가 시작되었다.

*　　　*　　　*

황산에서 여러 해가 지났다.

세월의 흐름은 모두에게 찾아왔지만 무생은 여전히 그 흐름을 빗겨가고 있었다.

그는 거대하게 지어진 남궁세가에서 변화 없는 일상을 맞이하고 있었다.

"좋군."

남궁세가는 황산을 닮아 있었다.

마치 황산과 한 몸으로 보일 정도였다.

거대한 규모를 자랑하고 있었지만 결코 자연을 거스르지 않았고 황산의 기운과 모든 부분에서 일치하고 있었다.

그런 훌륭한 곳에서 마시는 차는 굉장한 별미였다.

무생은 찻잔을 내려놓으며 황산의 겨울을 즐겼다.

눈이 천천히 내려와 찻잔 위로 흘러들어 왔다.

계절이 여러 번 바뀌었고 그때마다 맞이한 겨울이었지만 그때마다 모두 느낌이 달랐다.

"오라버니."

뒤에서 남궁소연이 다가왔다.

그녀는 성숙한 여인의 모습이 되어 있었다.

가장 아름다운 시기를 보내고 있는 남궁소연이었지만 좀처럼 웃을 수 없었다.

분명 가장 행복한 시기를 보내고 있었지만 가끔씩 느껴지는 불안감은 그녀의 웃음을 앗아갔다.

그것은 다른 여인들 역시 공통적으로 느끼는 것이었다.

무생이 먼 곳을 바라볼수록 그 마음은 커져 갔고 마을의 일에서 손을 뗄수록 더욱더 그렇게 변해갔다.

"날이 많이 춥습니다. 들어가시지요."

"좋은 날이지 않느냐. 너와 처음 만났을 때도 이러했지."

무생은 영생산의 일을 떠올리고 있었다.

그때의 기억은 무생의 머리에 선명하게 남아 있었다.

시간이 아무리 흘러도 잊을 수 없을 것 같았다.

"잊을 수 없는 기억이지요."

"그래."

무생은 천천히 몸을 일으켰다. 그러자 흩날리는 눈발이 잠잠해졌다.

무생은 고개를 돌려 남궁소연을 바라보았다.

꽃처럼 고운 남궁소연은 이미 무림에서 천하십제의 반열에 들어 명성을 떨치고 있었다.

무생은 남궁소연과의 약속을 모두 이행한 지 오래였다.

애초에 계획은 다시 영생산으로 돌아가 무생록에 전념하는 것이었지만 여러 해가 지날 때까지 무생은 떠날 수 없었다.

그런 마음이 들 때마다 당연희나 남궁소연이 찾아와 그를 망설이게 한 것이다.

'망설임인가.'

발목을 붙잡고 있는 것들 중 하나가 바로 망설임이었다. 그런 감정이 처음인 무생으로서는 난감할 뿐이었다.

천천히 손을 뻗어 튼튼한 기둥을 만졌다.

황산에서 가장 좋은 나무로 지은 가옥이라 빛깔부터 달랐다.

무생은 이 기둥이 능히 천 년을 버틸 수 있음을 알고 있었지만 곁에 있는 남궁소연은 그렇지 않았다.

세월의 흐름 속에 늙어 재가 되는 것이 순리였다.

그 흐름에 자신이 존재한다면 무생은 남궁소연이나 당연

희의 마음을 받아줄 수 있었을 것이다.

"이 기둥은 능히 천 년을 버티지. 하나 사람은 그렇지 않아."

"그렇기 때문에 대를 이어가는 거겠지요."

무생은 천천히 고개를 끄덕였다.

모든 사람은 그렇게 살아가다가 죽는다.

지위를 막론하고 피할 수 없는 일이었다.

"제가 그렇게 된다면 슬퍼하실 건가요?"

무생은 그렇다고 말하기 위해 입술을 떼었지만 말이 나오지 않았다.

입가에 천천히 미소가 떠올랐다.

득도촌의 노인들이 보았다면 훈훈한 미소를 지으며 고개를 끄덕일 만한 광경이었다.

남궁소연이 가까이 다가왔다.

"슬퍼할 일은 어디에도 없어요. 무엇보다 행복한 기억이 있다면 그것으로도 충분해요. 더 살아간다면 그것이 잊혀지고 퇴색되지 않겠어요?"

"예전에는 그러했지만……."

무생은 남궁소연의 말에 고개를 저었다.

남궁소연이 무생을 바라보자 무생은 짧은 숨을 내쉬었다.

"지금은 그렇지 않군. 잊는 일은 없을 것이다."

무생의 말에 남궁소연은 아름다운 미소를 그렸다.

무생은 망설임을 받아들이기로 했다.

그러자 느낄 수 없던 것들이 더욱 뚜렷하게 느껴졌다.

무생록의 궁극으로 향하는 길이 보이는 듯했지만 무생은 그 길로 걸어가는 것을 잠시 보류했다.

"조금 추워지는군. 들어가자."

"네."

앞에 기다리고 있을 무한한 시간 중 찰나를 이곳에서 보내는 것이 지금 가장 좋은 선택임을 알고 있었다.

무생은 두 번 다시는 후회라는 감정을 느끼지 않을 것이라 다짐했다.

* * *

무생은 남궁세가에 완전히 정착했다.

예전과 달라진 점이 있다면 남궁소연과 당연희, 그리고 다른 여인들의 마음을 받아준 것이다.

많은 고민이 있었던 일이지만 처음으로 가족이라는 것이 생긴 무생은 곧 그러한 고민이 모두 사라지는 것을 느꼈다.

그녀들과 지낼수록 잊고 있었던 자신의 본모습이 나오기 시작했고 사람답게 사는 것이 무엇인지 깨달을 수 있었다.

남궁세가에 정착한 후부터 무생록을 잠시 접고 있었지만 오히려 그 경지는 점차 심후해지고 있었다.

"왜 그러세요?"

"또 딴생각을 하시는군요."

남궁소연과 당연희가 가만히 찻잔을 들고 있는 무생을 보며 말했다.

한두 번이 아닌 듯했다. 무생은 찻잔을 내려놓으며 살짝 웃었다.

"무슨 생각을 하셨나요?"

당연희가 묻자 무생은 천천히 입을 떼기 시작했다.

"세월이 빠르게 흐른다고 느꼈다. 황산에 눈이 내린 것이 어제 같은데 벌써 녹고 꽃이 피는군."

"아쉬우신가요?"

이번에는 남궁소연이 물었다.

무생은 잠시 생각하다가 고개를 끄덕였다.

이 순간이 영원하지 않다는 것을 잘 알고 있었다.

언젠가 모두 사라지고 기억만이 그 자리를 대신할 것이다.

"당신답지 않게 약한 소리를 하는군요."

무생의 뒤에서 나타난 단수진이 그렇게 말했다.

"마교를 버리고 왔는데 이렇게 약한 남자일 줄은 몰랐네요."

"그런가? 실망시켰나 보군."

무생이 부드러운 미소를 지으며 말하자 단수진은 피식 웃으며 고개를 저었다.

"뭐, 그 정도는 괜찮아요. 하여튼… 요즘 너무 달라지는 것 같아서 조금 불안해요."

무생은 천천히 자리에서 일어났다.

요즘 들어 무생은 자주 웃었다.

그의 부드러운 미소는 극상의 미를 자랑해 황산의 모두를 홀릴 정도였다.

때문에 무생의 여인들은 늘 불안에 떨어야 했다.

무생에게 반해 남궁세가의 문을 두드리는 무가의 여인이 한둘이 아니었다.

무생이 있는 곳은 분명 남궁세가이지만 무림인들은 대부분 무신세가라 부르고 있었다.

남궁세가의 안주인이 남궁소연이었고 그의 부군이 무생이었다.

게다가 마교의 단수진, 사천당문의 당연희, 하북팽가의 팽하월까지 그의 여인이니 남궁세가는 무신세가로 다시 태어난 것이나 마찬가지였다.

더욱더 명예로운 형태로 천하제일가의 위치를 굳건히 지키는 것이니 남궁소연 역시 만족하고 있었다.

검제가 살아 있다면 고개를 끄덕이며 흡족한 미소를 지을 것이다.

실제로 독제는 손바닥 박수까지 치며 대단히 좋아했다.

"행복하다는 것이 무엇인지 아니 욕심이 생기는구나. 이것이 사람의 마음이겠지."

무생은 그렇게 말했다.

천천히 손을 들자 한쪽 구석에 있던 검이 빨려들어 왔다.

무생은 앞뜰로 천천히 걸음을 옮겼다.

바람에 휘날리는 나뭇잎들 사이에서 천천히 검을 움직이기 시작했다.

다른 이유는 없었다.

그저 검을 휘둘러 보고 싶었던 것이다.

영생산에서 신명나게 검을 휘둘렀던 검노의 마음이 어느 정도는 이해가 되었다.

마음을 다스리는 데에 검무만큼 좋은 것은 없었다.

마음이 있음으로 검이 움직였고 검이 마음이 되었다.

휘이이!

무생이 검을 휘두르기 시작하자 무신세가의 식솔들은 모두 하던 일을 멈추고 거기에 빠져들었다.

그것은 무생이 겪어온 세월과 깨달은 감정이 모두 스며들어 있었다.

진정한 심득이었지만 누구나 가지고 있고 쉽게 잊어버리는 것들. 그것이 바로 사람의 마음이었다.

무생의 검이 검노를 초월할수록 황산의 계절은 계속해서 바뀌었다.

나무가 한 뼘 이상 커지고 열매가 열리기도 했다.

무생은 천천히, 때로는 잔상조차 남기지 않을 정도로 빠르게 검을 휘둘렀다.

검을 멈춘 것은 앞뜰에서 뛰노는 꼬마들을 발견했을 때였다.

꼬마들은 무생을 바라보더니 밝게 웃으며 손을 힘차게 흔들었다.

"멀리 나가지 말거라."

그 말에 크게 대답을 하고는 저잣거리로 뛰쳐나가는 아이들은 무생의 자식이었다.

무생의 자식답게 근골은 무척이나 뛰어나고 벌써부터 무학에 두각을 나타내고 있었다.

게다가 무생이 정리한 무공이 더해지니 아이들이 성장한다면 천하를 무로써 논할 것이 분명했다.

독제는 손주, 손녀들을 보는 재미에 거의 무신세가에 눌러앉다시피 했다.

"누굴 닮아서 저렇게 활기찰까요?"

남궁소연의 물음에 무생은 모르겠다는 듯 고개를 저었다.

"어쩌면 내 어렸을 적이 저랬을지도 모르지."

"역시 천하제일인은 아무나 되는 것이 아니네요."

남궁소연의 말에 무생은 미소 지었다.

무생의 밝은 미소는 남궁소연으로서도 자주 볼 수 없는 것이었다.

"이 순간이 영원했으면 좋겠군."

무생은 지금만큼은 자신의 무한한 삶이 공허하지 않았다. 이런 행복이 계속되기를 바라고 있었다.

"앞으로 더 행복해져요."

"그래."

무생은 남궁소연을 향해 손을 뻗었다.

남궁소연은 무생의 손을 맞잡고는 환하게 웃었다.

무생은 무림에 나온 것이 어쩌면 이 모든 것을 누리기 위해서일지도 모른다고 생각했다.

허무한 세월에 대한 보상일지도 몰랐다.

무생은 세월이 가는 것을 바라지 않았지만 세월은 결코 멈추지 않고 흘러갔다.

오직 무생만을 빗겨가고 있었다.

第八章

이별

세월은 유수와 같이 흘렀다.

가는 시간은 잡아보려 애써보아도 결코 잡을 수 없는 것이었다.

그 강대한 힘을 지니고 있는 무생조차 시간을 잡을 수는 없었다.

막강한 권세를 누리던 진시황조차 세월 앞에서는 연약한 인간일 뿐이었으니 말이다.

무생은 황산에서의 시간을 결코 잡으려 하지 않았다.

남궁소연과 당연희, 그리고 다른 여인들 역시 그러했다.

단지 주어진 시간에 만족하며 충실하게 하루하루를 살았고 행복함을 느꼈다.

무공을 익힘으로써 남들보다 긴 세월을 살 수 있었지만 그마저도 무생에게 있어서는 찰나의 순간일 것이다.

무생은 처음으로 세월이 야속하다고 느꼈다.

그는 손수 모두를 묻어주었다.

남궁소연을 마지막으로 묻고 그녀의 묘비를 매만졌다.

"편안히 잠들거라."

떠나보내는 슬픔은 과거의 무생에게는 존재하지 않았다.

하지만 지금은 달랐다.

부동심이 흔들릴 정도로 그는 슬퍼했다.

앞으로 영원히 만날 수 없다는 것이 실감이 난 무생이었다.

천천히 눈을 감았다. 그동안의 추억이 무생의 마음을 진정시켰다.

아무리 세월이 흘러도 지금 이 기억을 절대 잊지 않을 것이라 맹세했다.

"아버지."

자신을 아버지라 부르는 아이는 벌써 늙어 약관이 넘는 아이까지 두고 있었다.

천하십제에 들어 세상을 호령하고 있는 첫째 무진이었다.

차기 천하제일인으로 거론될 만큼 출중한 무공 실력을

지녔고 훌륭한 인품으로 무림인들에게 많은 존경을 받고 있었다.

하나 무생의 위상을 넘어서기는 힘들었다.

무생은 무진에게 있어서도 큰 산이었다.

너무나 커 넘을 엄두도 나지 않는 그런 존재였다.

"무진아."

"예."

"행복하느냐?"

무생은 무진을 바라보며 그렇게 물었다.

"그렇습니다."

"그럼 되었다."

무생은 무진의 어깨를 두드렸다.

무생의 뒤를 이어 천하제일인이 되고 무신세가의 명성을 유지해야 된다는 부담감이 무진의 어깨를 늘 짓누르고 있었다.

무생은 그것을 알고 있었다.

"그것이야말로 가치가 있는 것이다. 명심하거라. 검이 되어서는 안 된다. 사람이 되거라."

"예, 명심하겠습니다."

무생은 고개를 끄덕이고는 등을 돌렸다.

"떠나시는 것입니까? 무림은 여전히 아버지를, 염마지존을 필요로 하고 있습니다. 무림의 평화는 아버지께서 존재하시기에 유지되는 것입니다."

"네가 있지 않느냐."

"아버지……."

무생은 이제 떠날 때가 왔음을 느꼈다.

무림과의 인연을 정리할 때가 된 것이다.

천하제일인 염마지존 무생은 이제 무림에게 독이 될 뿐이었다.

무생은 무림도 순환되어야 된다는 것을 깨달았다.

치고 박고 싸우는 것은 그러한 흐름 중에 하나일 것이다.

"잘 지내거라."

무생은 그 말을 남기고는 홀연히 사라졌다.

무진은 사라진 무생의 자리에 조용히 인사를 하면서 등을 돌렸다.

고금제일인이자 수많은 기적을 만든 무생이 무림에서 영원히 사라진 것이다.

그것은 너무나 바람 같은 행적이었고 누구도 예측하지 못했다.

* * *

영생산으로 돌아온 무생은 남아 있는 미련을 많은 시간 동안 떨쳐내지 못했다.

가끔 무신세가로 향하곤 했지만 무진이 세상을 떠난 순간부터는 영생산 밖으로 나가지 않았다.

무진세가는 여전히 천하제일가로서 명성을 자랑하고 있었다.

간혹 들리는 무신세가의 소식은 무생의 관심을 끌었지만 그것뿐이었다.

무림에 자신이 있을 자리는 없다고 생각했다.

조금 더 세월이 흐르자 무생은 완전히 무림의 소식에서 흥미를 끊을 수 있었다.

하지만 마음을 닫은 것은 아니었다.

행복했던 기억과 추억들은 여전히 그의 마음에 남아 있었다.

그것은 무수한 세월을 버티는 원동력이 되어주었다.

그러한 기억이 있었기에 무생은 권태롭지 않았다.

남궁소연은 앞으로 더욱 행복해질 거라 말했다.

무생은 그 말을 믿었고, 그렇기에 결코 예전처럼 좌절하며 마음이 마모되지 않았다.

무생은 영생산에 기문진을 설치해 아무도 들어오지 못하게 했다.

영생산은 무생의 기문진으로 인해 이제 전설만으로 남은 신선의 산이 되었다.

그곳에 가면 득도를 할 수 있다는 소문만 무성해 벽에 부딪힌 많은 자가 찾아왔지만 안개 속을 아무리 헤매도 제자리걸음일 뿐이었다.

오히려 그것 때문에 전설로서 더욱 전해지고 있었다.

무생은 영생산의 가장 높은 곳에 앉아 움직이지 않았다.

처음에는 단순히 생각을 정리하려고 눈을 감은 것이었지만 무생록을 천천히 점검하면서부터 무아지경으로 빠져들어 갔다.

시작은 그저 과거를 회상하는 것일 뿐이었다.

그가 기억하고 있는 아득히 먼 과거부터 무림에 나오기까지의 무수한 세월은 세상의 진리를 담고 있다고 표현해도 될 만큼 방대했다.

보고 듣고 느낀 것들이 새롭게 살아나 무생록을 더욱 새롭게 완성시켜 가고 있는 것이다.

'긴 세월이었지. 앞으로도 그럴 테고.'

깨달음이나 득도는 먼 곳에 있는 것이 결코 아니었다.

애초부터 무생은 그 모든 것을 알고 있었고 몸으로 행하고 있었다.

그렇기에 무공은 너무나 쉬운 공부였고 더 나아가 우주의 진리에 근접해 있는 것이다.

어쩌면 무생록은 완성된 것이나 다름없었다.

그의 미래는 무한하니 모든 지식은 언젠가 모두 그의 소유가 될 것이다.

무생이 회상 속에 빠져 있는 동안 계절은 쉴 새 없이 지나갔다.

무생은 전혀 세월의 흐름을 느끼지 못했으나 그의 옆에 있던 새싹은 사람의 키를 훌쩍 넘어 거대한 고목이 되었다.

그럼에도 무생은 눈을 뜨지 않았다.

무생의 몸에서 뿜어져 나오는 선천지기가 강해지며 그의 주변부터 푸른 싹들이 돋아나기 시작했다.

독기만이 가득하던 영생산에 정화의 기운이 내려앉기 시작한 것이다.

산의 꼭대기에서부터 아래로 찬란한 금빛 기운들이 천천히 퍼져 나가 내려앉았다.

영생산 전반을 모두 아우르기까지 또다시 무수한 세월이 지나갔다.

무생은 무생록 삼 단계를 지나 어느덧 사 단계에 이르고 있었다.

무생록 사 단계는 그가 가장 가지고 싶어 했던 안식을 얻을 수 있는 경지였다.

세상의 모든 것이라 표현할 수 있는 창조와 소멸에 대한 개념은 무생조차 감당하기 힘든 공부였다.

사 단계에 이르자 무생은 자신의 식견이 무척이나 협소했음을 깨달았다.

무수한 세월을 투자해도 얻을 수 있을지 의문인 그 광활한 경지는 무생에게 열정이라는 것을 선사해 주었다.

'세상은 무료하지 않군.'

아직도 나아갈 길은 멀기만 했다.

무생은 세상의 광대함이 너무나 마음에 들었다.

사 단계에 이른 무생은 완벽히 인간의 경지를 아득히 벗어났다.

천계의 신선들이 떼거지로 내려온다고 해도 결코 무생 하나를 감당하지 못할 것이다.

지금 무생의 정신은 삶과 죽음 사이에 있었고 그렇기에 더욱 완벽히 무한했다.

무생은 이 끝을 보고 싶다는 생각이 들었다.

무림에 대한 기억을 품에 안고 계속해서 나아가고 싶었다.

'끝이 보이지 않는군. 하나 못 이룰 것은 없다.'

무한한 삶이 있으니 그는 모든 것을 이룰 수 있을 것이다.

무생은 천천히 눈을 떴다.

주변의 풍경은 너무나 달라져 있었다.

영생산의 독기는 찾아볼 수 없었고 초목이 무성하게 자라 있었다.

아주 푸르른 빛을 띤 산은 강대한 기운이 흘렀다.

무생의 선천지기가 독기를 모두 정화시키고 산에 새로운 생명을 부여해 준 것이다.

영생산에서 흘러내리는 물줄기는 뛰어난 약수였고 온갖 약초가 지천에 널려 있었다.

동물들은 하나같이 모두 건장했고 영단마저 품고 있었다.

그야말로 신계를 방불케 하는 광경이었다.

하지만 인기척은 전혀 존재하지 않았다.

무생의 기문진은 천 년에 다다르는 세월 동안 전혀 깨지지 않고 오히려 무생의 선천지기에 반응해 더욱 견고해졌던 것이다.

그 결과 그 누구도 침범하지 못하는 낙원이 되어 있었다.

무생조차 한참을 서서 그 풍경을 내려다볼 만큼 아름다웠다.

기문진의 경계는 뿌연 안개로 가려져 있었는데 그 밖의 풍경 역시 무수한 세월이 지나는 동안 달라져 있음이 틀림없었다.

"나쁘지 않군."

무생은 짧은 감상을 내뱉으며 천천히 영생산을 내려오기

시작했다.

무공은 이미 더 이상 도달할 곳 없이 완벽했지만 무생은 힘을 쓰지 않았다.

쓸 이유가 없었기 때문이다.

서두를 필요도 없었고 그 이유도 존재하지 않았다.

느긋하게 걸어 모든 풍경을 눈에 담았다.

무생록 사 단계에 이른 순간부터 모든 사물이 새롭게 다가왔다.

날아다니는 풀벌레조차 거대한 우주의 톱니바퀴처럼 느껴졌다.

많은 시간을 걸어 무생은 득도촌이 있던 곳으로 내려왔다.

득도촌의 건물은 무성한 초목들로 인해 그 형태를 잃어버리고 있었다.

천 년을 능히 견딜 수 있게 지었더라도 솟아나는 생명은 그 천 년을 무너뜨릴 힘을 지니고 있었다.

어쩌면 무신세가 역시 이러한 모습일 수도 있었다.

무생은 모든 것이 순리임을 알고 있었다.

"그렇다면 역행할 수도 있겠지."

순리를 거스르는 것이야말로 무생이 지금 밟고 있는 경지였다.

삶을 역행하고 죽음으로 향할 수 있는 방법이었다.

무생이 선천지기를 뿜자 마치 태양을 보는 듯한 빛이 뿜어져 나왔다.

그것은 결코 강기 따위로 표현할 수 있는 것이 아니었다.

무생이 발을 내딛자 초목들이 사라지기 시작했다.

모두 그 자리에서 생명을 다하며 거름이 되어 바닥에 떨어져 내렸다.

거대한 덩굴들이 없어지며 깔끔한 바닥이 드러났고 건물을 뒤덮고 있던 모든 것이 사라지며 이리저리 휘어진 득도촌 건물이 모습을 드러냈다.

세월의 풍파를 그대로 맞은 모습은 처량하게 보일 뿐이었다.

"오랜만이라 해야 하나."

득도촌의 풍경을 보고서 많은 세월이 지났음을 짐작했지만, 실제로는 무림에서 있었던 일이 어제처럼 느껴질 정도로 세월의 흐름을 느끼지 못했다.

무생은 객잔이 있는 건물로 가서 간신히 형상을 유지하고 있는 창고 안으로 들어갔다.

그곳에는 오래전에 담궈 놓았던 술통들이 있었다.

천 년 동안 무생의 선천지기와 함께 농익어 그 어떠한 영약보다 더욱 많은 기운이 농축되어 있는 천상의 술이었다.

무림인들이 보았다면 눈에 불을 켜고 달려들 만큼 천하의

보물이었다.

무생은 그러한 술통들을 바라보다 하나를 들고는 기울어져 있는 객잔으로 들어갔다.

무생이 객잔 안으로 들어오자 쌓여 있던 먼지들이 모두 사라져 버렸다.

단지 선천지기를 뿜어내는 것만으로도 주변이 너무나 깔끔해졌다.

무생이 만든 식기들은 모두 온전한 모습을 자랑하고 있었다.

낡은 느낌이 나기는 했지만 충분히 사용할 수 있을 만큼 아직도 견고했다.

무생은 잔에 술을 따르고는 긴 숨을 내쉬며 그것을 음미하기 시작했다.

그녀들과 이 술을 같이 했다면 더욱 좋았을 것이라는 생각이 들었다.

무생의 긴 세월에서도 손꼽힐 만큼 좋은 술이었으니 이 술을 나눌 누군가가 있었다면 크게 웃을 수 있었을 것이다.

무생이 깨달은 마음은 행복과 슬픔 그 자체였다.

그는 깊은 숨을 내쉬고는 다시 술잔을 들었다. 그렇게 계속해서 술을 마셨다.

잔을 멈춘 것은 하루가 꼬박 지난 후였다.

무생은 술잔을 엎어놓고 자리에서 일어났다.

시선은 기문진 밖에 향해 있었다.

불길하고 잔혹한 기운이 느껴졌기 때문이다.

"세월이 많이 지나긴 했군."

무생이 해놓은 봉인이 약해지고 모용천이 자력으로 얼음을 깨고 나올 수 있을 만큼 긴 세월이 지난 것이다.

무생은 모용천의 기운을 또렷하게 느낄 수 있었다.

스스로를 숨기고 있지만 그의 혈마기는 무생을 결코 피할 수 없었다.

그러기엔 너무나 지긋지긋하게 혈마기를 겪어온 무생이었다.

"이번에는 죽여주마."

무생록 사 단계에 이른 무생은 모용천을 죽일 수 있을 것이라 생각했다.

무생은 세상에 뜻이 없었지만 모용천을 죽이기 위해서 마지막으로 세상에 나가야만 했다.

이것은 무생이 무림에 있었던 시절에 해놓은 마지막 계획이었다.

무생은 모용천을 없앰으로써 무생록 사 단계가 더욱 완성될 것임을 느꼈다.

모용천은 자신과 비슷한 기운을 지니고 있었다.

일부이지만 불사의 근원을 지니고 있는 모용천을 세상에서 소멸시키는 일은, 곧 자신 역시 그렇게 될 수 있음을 뜻했다.

"모용천, 운명이라 했나?"

무생은 모용천이 했던 말이 생생하게 떠올랐다.

자신과 대적하는 것을 두고 모용천은 스스로 운명이라 했다.

무생록 사 단계에 다다른 시점에서 무생은 그것이 필연임을 알아차렸다.

만물을 품고 있는 우주의 안배일지도 몰랐다.

그 끝에 다다라 봐야 모든 것을 이해할 수 있을 것이다.

"세상이 많이 변했겠군."

그가 기억하고 있는 최초의 사건과 최근 나가본 무림은 많은 차이가 있었다.

옷은 화려해지고 병장기는 더욱 날카롭고 견고해졌으며 건축물은 뛰어나졌다.

세월이 많이 지났으니 아마 세상은 참으로 많이 변했을 것이다.

무생은 호기심이 담긴 눈으로 득도촌을 바라보았다.

본래 무생이라면 지금 당장이라도 모두 다시 지었을 테지만 지금은 때가 아니라 생각했다.

득도촌이 다시 지어지는 것은 시간이 더 흐른 후일 것이다.

모용천을 끝내고 세상과 영원히 등을 질 때 말이다.

무생은 천천히 영생산 밖으로 나가기 시작했다.

기문진은 여전히 작동했지만 무생에게는 전혀 소용이 없었다.

그저 여닫을 필요가 없는 편리한 문 정도였다.

무생은 영생산을 나오면서 기문진을 더욱 완벽하게 손보았다.

"이 정도면 되겠지."

영생산은 이제 세상과 단절된 독립된 공간이 되었다.

무생은 영생산을 벗어나자 공기가 급격히 탁해지는 것을 느꼈다.

별다른 영향은 없었지만 영생산 밖은 과거에 비해 생기가 현저히 줄어들어 있었다.

무생은 밖으로 완전히 빠져나왔다.

달라진 환경에 잠시 그 자리에 멈춰서 풍경을 바라보았다.

높은 빌딩들이 치솟아 있었고 기이한 철제마차들이 굉장한 속도로 달리고 있었다.

"신기하군."

무생의 지적호기심을 자극하는 여러 가지들이 지천에 널려 있었다.

무생은 영생산 너머를 바라보았다.

무생의 기문진 덕분에 지금 영생산은 그저 평범한 산으로 보이고 있었다.

그 위로 철로 된 것으로 보이는 거대한 새가 날아가고 있었다.

"봉황인가?"

실제로 봉황을 본 적이 있지만 훨씬 작았고 불길에 타오르고 있었다.

저것은 굉장한 속도로 날아감에도 요란한 소리만 들릴 뿐 그러한 기척은 없었다.

무생은 턱을 쓰다듬으며 변화된 풍경을 눈에 담았다.

저승에 가더라도 이러한 광경은 보지 못할 것이다.

무생은 모용천이 있는 방향을 가늠해 보았다.

그곳은 지금껏 가본 적 없는 굉장히 먼 곳이었다.

신기한 것들이 굉장히 많이 있었다.

무생이 무림에 처음 나왔을 때와 비슷하다면 비슷할 것이다.

알지 못하는 미지의 세계가 그를 자극하고 있었다.

게다가 감정이 온전히 살아 있는 무생은 무림으로 처음 나갔을 때보다 더 강한 홍미를 느끼고 있었다.

"동쪽인가?"

모용천은 아직 정상적인 몸 상태가 아닌 듯 자신의 혈마기를 숨기고 있었다.

무생을 의식한 것이 분명했다.

무생록 삼 단계에 머물러 있던 과거의 무생은 자신을 숨기는 모용천을 탐지해 낼 수 없었겠지만 지금은 달랐다.

이미 인간의 경지를 아득히 넘어선 무생은 그가 내뿜는 미약한 혈마기를 확연히 느낄 수 있는 것이다.

"저 먼 동쪽으로 가는 것은 처음이군."

신기하게 변한 세상 속에서 무생은 재미있다는 듯 미소 지을 수 있었다.

第九章

새로운 시대

거대한 건물들, 새로운 문명.

무생이 그것에 대해 이해하기까지는 오랜 세월이 걸리지 않았다.

인간을 아득히 벗어난 능력을 지니고 있었고 그것은 무력뿐만 아니라 두뇌도 마찬가지였다.

그가 깨어난 시대는 21세기 현대였다.

무림에 나왔던 시기로부터 수백 년이 지난 것이다.

이 시대에 대해 아무것도 모르던 무생이었지만 적응하는 것에는 그리 오래 걸리지 않았다.

무수한 세월을 살아오는 동안 이러한 경험은 충분히 많이 했기 때문이다.

현경에 이른 자들조차 무생의 움직임을 감지할 수 없었는데 현대에는 무공을 익힌 자가 아예 없었다.

무생은 며칠이 되지 않아 금세 사회의 돌아가는 순리를 파악했다.

돈을 갖고자 하면 돈이 생겼다.

정상적인 방법은 아니었지만 그 누구도 눈치챌 수 없었다.

혈마인의 수법을 참고해서 만든 섭혼술은 그 누구도 피할 수 없었고 사회적 지위가 있는 자들을 장악하는 것은 그리 어려운 일이 아니었다.

무생이 만든 것이기에 혼백마저 완벽히 제압해 수중에 두는, 결코 벗어날 수 없는 섭혼술이었다.

밖으로 나온 지 일주일 만에 무생은 비교적 순조로운 적응을 끝내고 상당히 편하게 지낼 수 있게 되었다.

마음만 먹는다면 나라 하나를 장악하는 것도 그리 어렵지 않을 것이다.

하나 무생은 그러한 욕심 따위는 없었다.

어차피 사라질 것들이라 생각했기 때문이다.

그저 편하게 지낼 수 있으면 그것으로 충분했다.

무생은 보름 만에 필요한 모든 언어를 익혔고 역사에 대해 찾아보았다.

그 어느 시대보다 역사에 대해 잘 정리되어 있었고 황궁에나 있을 법한 서적들이 즐비하게 깔려 있었다.

현대의 책들이 정말 마음에 든 무생이었다.

무림에서 있었던 일을 역사는 기억하고 있었다.

원인을 알 수 없는 역사상 최대의 학살로 적혀 있었는데 감회가 새롭기는 했다.

"홍미롭군."

과학이라는 것의 발달은 인간에게 윤택한 삶을 살게 해주고 있었다.

굶어 죽는 자들이 없는 것은 아니었지만 상당히 드물어졌고 인간의 존엄성이 대두되고 있는 시대였다.

게다가 저 멀리에 있는 달에까지 도달했다고 하니 절로 고개가 끄덕여질 정도였다.

무생이 책을 덮고 일어나자 주변에 서 있던 검은 정장을 입은 보디가드들이 예의 바른 태도로 그를 수행했다.

흑사회의 수뇌부를 꼭두각시로 만드는 것에는 전혀 힘을 아끼지 않았다.

무생의 말을 거역할 수 있는 자는 이 세상에 존재하지 않을 것이다.

모용천을 제외한다면 말이다.

"호텔로 가도록 하지."

보디가드들은 깊게 고개를 숙이며 무생의 말을 목숨을 다 바칠 기세로 따랐다.

더 이상 이 시대에서 무생을 곤란하게 할 것들은 없었다.

차라리 무생을 신이라 부르는 편이 나을 지경이었다.

*　　*　　*

무생은 북경에서 가장 좋은 호텔에 머물면서 전반적인 지식들을 아주 빠른 속도로 습득하기 시작했다.

책뿐만 아니라 인터넷이라는 것을 통해 정보를 습득했는데 관심 분야에 대해서는 이미 전문가 수준을 넘어서고 있었다.

그것은 불과 한 달도 되지 않은 시점에 이루어진 일이었다.

똑똑!

노크 소리가 들리고 꽤나 험악한 인상의 중년 남자가 조심스럽게 안으로 들어왔다.

남자는 의자에 앉아 있는 무생에게 극진한 예를 차렸다.

중국의 실세라 불리는 공산당 고위간부였지만 무생에게 있어서는 그저 하인에 지나지 않았다.

"주인님, 요구하신 모든 것을 처리했습니다."

무생은 대답하지 않고 그저 고개를 끄덕일 뿐이었다.

"완전한 신분을 만들었고 주인님 계좌로 필요하신 모든 금액을 넣어놓았습니다."

"충분한 금액인가?"

"모자람 없이 쓰실 만한 금액이지만 부족하시다면 더 넣어놓겠습니다."

무생은 고개를 저었다.

과거에도 그랬지만 무생은 필요한 만큼만 있으면 된다고 생각했다.

물론 그때의 기준과 지금의 기준은 확실히 다르지만 말이다.

남자는 무생에게 혼백을 제압당하기는 했지만 스스로 사고가 가능했다.

무생의 말을 거역할 수는 없었지만 오히려 무생의 말을 자발적으로 따르고 있었다.

남자가 목도한 무생의 능력은 가히 신이라 부를 수 있을 정도였으니 말이다.

"여권도 준비했습니다만… 어디로 가실 생각이십니까?"

"한국."

"한국이라……."

무생은 고개를 끄덕였다. 한국에 모용천이 있는 것이 확실했다.

어째서 그가 그곳에 있는지는 몰랐지만 모용천은 깨어난 지 꽤 되었기에 이미 완전히 자리를 잡고 있을 것이다.

자신을 죽이기 위해 온갖 대비를 하고 있을 것이 분명했지만 무생은 너무나 여유로웠다.

숙적이라 부를 수 있는 두 사람이었지만 태도는 상반되고 있었다.

모용천이 필사적이라면 무생은 그저 산책이라도 나온 듯 너무나 평화로운 것이다.

분명 모용천은 무림에서 있을 때보다 더한 부와 명예, 권력을 가졌을 것이다.

그것이 모용천을 더욱 약하게 할 것이고 절박하게 만들 것이다.

무한한 삶을 얻어도 없어지지 않는 탐욕은 그를 무한하지 못하게 만들고 있었다.

"서두를 필요 없겠지."

무생은 그렇게 생각했다.

"찾고 계신 것이 있으십니까?"

남자가 조심스럽게 물었다.

중국 내에서는 절대 남의 시선을 신경 쓰지 않는 남자였지만 지금은 무생의 눈치를 살필 수밖에 없었다.

무생은 잠시 길게 생각을 하다가 천천히 고개를 끄덕였다.

자신은 분명 모용천을 없애기 위해 나왔지만 또 다른 무언가를 찾고 있을지도 모른다.

그것은 자신이 자각하기도 전에 스스로 알고 있는 것인지도 몰랐다.

무생의 입꼬리가 살짝 올라갔다.

"찾고자 하는 것이 있다면 운명이겠지."

무생은 무림에서 운명을 느꼈던 것처럼 이번에도 역시 그러한 것을 느낄 수 있을 것이다.

세상에 이유 없이 존재하는 것은 없었다.

이 무한한 삶의 끝에 자신의 이유가 있었고 그 과정이 운명일지도 몰랐다.

무생은 그렇게 생각했다.

전과는 다르게 무생은 무한한 삶을 허무함 없이 보낼 수 있었다.

그것은 앞으로 펼쳐질 것에 대한 기대 때문이기도 했다.

"비행기를 예약해 놓도록 하겠습니다. 아무래도 눈에 띄는 것은 선호하지 않으시겠지요."

"비행기라……."

지식으로는 모든 것을 이해하고 있었지만 실제로 경험해 보는 것은 분명 다를 것이다.

그렇게 생각한 무생은 모처럼 소리 내어 웃을 수 있었다.

第十章

운명

무지갯빛 하늘 아래 아름다운 흰색 구름들이 펼쳐져 있었다.

그 위로 봉황들이 날아다녔고 가끔씩 청룡이나 현무가 모습을 드러냈다.

이제는 모든 이의 기억 속에서 사라지고 단지 전설로만 남아 있는 선계였다.

선계는 저승보다 훨씬 한가해져 신선의 모습은 잘 찾아볼 수 없었다.

몇백 년 전부터 우화등선에 이른 신선들이 나타나지 않았고 지루해진 선계를 떠나는 신선이 상당히 많아진 것도 한몫했다.

광노는 모든 신선을 휘어잡고 있었는데 폭력이 앞서는 그의 말을 거절할 수 있는 자는 선계에 존재하지 않았다.

소문으로는 염라대왕조차 광노를 건들지 않는다는 소리가 있었다.

그런 선계에 모처럼 손님들이 찾아왔다.

검노와 독노, 뇌노, 그리고 비노였다.

영생산에 있었을 때처럼 모처럼 한자리에 모인 그들이었다.

"오랜만이군."

광노가 먼저 말을 내뱉자 모두가 고개를 끄덕였다.

뇌노는 광노를 바라보며 부드럽게 웃었다.

"자네는 여전히 변함없군. 저승까지 그 소문이 내려올 정도니 역시 천마지존이라 칭할 만하네."

"뭐, 여간 할 짓이 없으니 말일세. 저 밑을 내려다보는 것도 슬슬 질리는 판국이니……."

뇌노의 말에 광노가 씁쓸하게 웃으며 말했다.

광노는 신선주를 꺼내며 술잔을 따랐다.

가만히 있던 검노가 입을 떼었다.

"무생이 세상에 다시 나왔더군. 우리가 준비해 놓은 선물을 잘 받아줬으면 좋겠는데 말이야."

검노의 말에 광노가 피식 웃으며 술을 들이켰다.

광노 역시 무생이 밖으로 나온 것을 알고 있었다.

그때를 위해 득도촌 노인들 모두가 고심해서 무생을 위한 선물을 준비한 것이다.

광노는 무생의 모습을 회상하며 고개를 끄덕였다.

"염라대왕을 들들 볶느라 힘들었지. 아무튼 이제 무생에 대해 걱정할 필요가 없겠어."

"뭐… 조만간 만날 수 있을 테지. 그때를 기약하도록 해야겠네."

광노의 말에 뇌노가 그렇게 말했다.

노인들 모두가 웃으며 하계를 잠시 내려다보았다.

"모용천 저놈은 여전하군."

독노가 살짝 살기를 내비치며 말하자 검노가 그의 어깨를 두드렸다.

"저놈은 이제 볼 수 없을 것이네."

검노는 그렇게 확신할 수 있었다.

다른 누구도 아니고 무생이 없애고자 결심한 상대이니 이미 그 결과는 정해져 있는 것과 다르지 않았다.

검노의 말에 독노는 살기를 가라앉히고는 술을 들이켰다.

"우리는 늘 그렇듯 지켜보도록 하세."

검노는 그렇게 말하며 자리에서 일어났다. 그는 즐겁다는 듯 웃을 수 있었다.

모두의 얼굴에도 미소가 걸려 있었다.

*　　*　　*

어찌 보면 무생은 중국의 전반을 장악한 것이라 할 수 있었다.

흑사회뿐만 아니라 고위 공산당 간부까지 모조리 혼백을 제압하여 아래에 두었다.

무생의 선천지기는 그들의 정신을 깨끗하게 하는 작용을 하여 섭혼술에 걸린 자들은 모두 자신의 삶을 돌아보며 고통으로 울부짖고는 했다.

무생으로 인해 중국에 만연한 부정부패가 어쩌면 해소될 수도 있었다.

물론 무생은 그러한 것에는 관심이 없었지만 말이다.

그는 비행기 안에서 색다른 풍경을 보고 있었다.

바로 아래에 펼쳐진 구름이었다.

무수한 세월을 살아온 무생조차 처음 보는 광경이었다.

지금껏 하늘을 날려 하지 않았고 하늘 위에 무엇이 있는지 전혀 궁금해하지 않았던 것이다.

'좋군.'

무생은 자신이 알던 세계가 무척이나 작은 세계임을 오래 전부터 깨닫고 있었다.

하늘에 떠 있는 태양은 세상을 초라하게 만들었고 우주라는 공간은 자신조차 티끌보다 못한 존재로 만들고 있었다.

현재 무생의 흥미를 자극하는 것은 현대의 지구였지만 곧 저 머나먼 우주로 바뀔 것이다.

오래 걸리기는 하겠지만 무생이 가고자 하면 가게 될 것이었다.

'앞으로 어떻게 변할지 더욱 궁금해지는군.'

눈에 띄는 것을 선호하지 않는 무생은 비즈니스 석에 앉아 가고 있었다.

물론 극진히 모시라는 부하들(?)의 당부가 있었기 때문에 비즈니스 석을 통째로 빌린 것은 비밀이라고도 할 수 없었다.

무생은 현대 사회에서도 통용되고도 남을 환상적인 외모를 지니고 있었는데 깔끔한 정장을 입어 그 모습이 더욱 빛나고 있었다.

승무원들이 눈을 떼지 못하고 힐끔거리며 쳐다볼 정도였으니 말이다.

물론 그러한 시선에는 이미 적응이 되었기에 무생은 별다른 신경을 쓰지 않았다.

별다른 일 없이 무생은 한국에 도착할 수 있었다.

공항에 내리자마자 짙은 혈마기가 느껴졌다.

오랜만에 느껴보는 익숙한 느낌에 무생은 고개를 설레 내저었다.

이 지긋지긋한 인연도 곧 마무리될 것이었다.

무생이 공항 밖으로 나오자 고급 승용차 여러 대가 서 있었다.

무생을 발견하자마자 정장을 입은 자들이 내리고는 정중하게 인사했다.

그 모습을 본 주위 사람들이 핸드폰을 들고 찍어대기 시작했다.

가장 덩치가 큰 자가 무생의 앞에서 다시 인사하더니 가운데에 있는 차의 문을 열었다.

"호텔까지 모시겠습니다."

무생은 그자를 한 차례 쳐다보고는 고개를 저었다.

"걸어가도록 하지."

"네?"

"그게 더 빠르거든."

모두가 무슨 소리를 하냐는 듯 무생을 바라보았다.

무생은 오랜만에 선천지기를 끌어 올렸다.

그러자 주변에 바람이 휘몰아치며 사람들을 뒤로 밀어냈다.

황금빛 기류가 몰아치는 광경은 보는 사람으로 하여금 넋을 잃게 만들었다.

무생이 바닥을 박차며 선천지기를 완전히 개방했다.

황금빛 기류가 점점 더 커지며 하늘을 향해 금빛 기둥을 만들어냈다.

혈마기가 뿜어져 나오는 것과는 상당히 대조적이었다.

무생은 사람들이 놀라 기절하건 말건 신경 쓰지 않으며 앞으로 한 발 내딛었다.

무적수라보가 수백 년의 시대를 넘어 다시 펼쳐졌다.

무생은 황금빛 바람이 되어 그 자리에서 사라졌다.

그 누구도 무생이 이동하는 것을 제대로 볼 수 없었다.

밝은 빛이 터져 나온 것 같더니 금세 사라져 버린 것이다.

그 자리에 있던 모든 사람이 이 말도 안 되는 광경에 눈을 비비다가 마치 꿈을 꾼 것 같은 멍한 표정을 지었다.

무생은 공간을 가르며 빠르게 나아갔다.

바닥을 박차며 달리다가 그대로 하늘을 향해 치솟았다.

중력의 영향을 받아 아래로 떨어지던 무생은 무적수라보를 극성으로 펼치기 시작했다.

중력은 무생을 방해하지 못했고 그는 그대로 하늘을 향해 치솟을 수 있었다.

자동차라는 것은 마차에 비해 굉장히 빠르기는 했지만 무생의 속도를 따라올 수는 없을 것이다.

'서울에 있군.'

정확한 방향은 알지 못했지만 혈마기를 추적할 수는 있었다.

서울에 가까워질수록 일반 사람들에게는 보이지 않는 혈마기가 하늘을 물들이고 있음을 발견했다.

한낮임에도 불구하고 하늘은 마치 석양에 물든 것처럼 붉었다.

혈마기가 사람들의 생명을 조금씩 빨아들이고 있었다.

서울은 모용천의 밥그릇이나 마찬가지인 것으로 보였다.

무생은 건물의 옥상에서 그 광경을 눈에 담았다.

모용천은 무생에게 다시 대항하기 위해, 그리고 스스로의 욕심과 힘을 위해 사람들의 생명을 흡수하여 혈마기를 키우고 있었다.

하늘을 붉게 물들이며 혈마기로 변한 기운들이 서울 중앙에 세워진 거대한 빌딩으로 빨려들어 가고 있었다.

모용천이 존재하는 것만으로도 사람들의 생명의 근간인 선천지기가 빨려나가 혈마기가 되었고, 모용천은 그들이 느끼지도 못하는 사이에 생명을 점차 빼앗고 있었다.

"여전히 똑같군."

무생은 붉은 하늘을 바라보며 그렇게 말했다.

붉은 광경은 너무나 익숙했다.

황산의 일이 떠올라 질릴 지경이었다.

고개를 설레 내젓고 있는 무생의 표정은 그리 좋지 않았다.

모용천이 반성하기를 바랐던 것은 아니었지만 이러한 일을 반복하면서까지 욕심내는, 탐욕의 모든 것은 분명 부질없는 것이었다.

무한한 삶을 손에 쥐었을 때부터 그것을 깨달았어야 했다.

"어리석군. 여전히 어리석어."

처음 만났을 때부터 지금까지 그는 단 한 번도 무생을 실망시킨 적이 없었다.

물론 의미가 상당히 다르긴 하지만 말이다.

그는 무생의 흥미를 늘 자극했고 인간이 가장 타락한 모습을 보여주었다.

이제는 늘 한결같은 모습에 급격히 흥미를 잃어가고 있는 무생이었다.

차라리 혈마존이 영생을 얻었더라면 무수한 세월이 지난 이후 무생과 비슷하게 변할 수도 있었다.

하지만 모용천은 근본부터가 그런 기미를 보이지 않았다.

무생의 경지는 전과 비교할 수 없을 정도로 높아졌지만 모용천은 오히려 퇴보하고 있었다.

욕심으로 얻은 힘은 퇴보되게 마련이었다.

무생은 혈마기를 뚜렷하게 느끼고 있지만 모용천은 무생이 서울에 나온 것조차 모르고 있음이 분명했다.

언젠가 무생을 만날 것임을 직감하고 있는 것이 전부였다.

"붉은 황산에 이어 붉은 서울이라……."

무생이 제일 싫어하는 색이 붉은색이 된 것은 바로 오늘부터였다.

모르는 자가 이 광경을 본다면 상당히 아름답다고 표현할 수 있겠지만 무생에게는 보기 싫은 광경일 뿐이었다.

무생은 고개를 설레 젓고는 난간에 기대었다.

재미있는 세상에 어울리지 않는 광경이라는 생각이 들었다.

"일찍 나오길 잘했군."

십 년 정도만 늦게 나왔더라면 상당히 잔혹한 광경이 되었을 것이라 생각했다.

무생은 천천히 난간 위에 섰다.

이 정도로 높은 건물은 지어본 적이 없었다.

만약 기회가 된다면 손수 만들어보고 싶은 욕심이 났다.

배울 수 있는 것이 지천에 깔려 있으니 모용천을 없애고 나서 한동안 이곳에 머물 수도 있었다.

그렇게 잠시 동안 난간 위에 서 있다가 모용천이 있는 빌딩으로부터 얼마 떨어지지 않는 곳으로 고개를 돌렸다.

무생록 사 단계에 도달하면서 혈마기 이외의 것도 자연스럽게 느껴졌는데 무생은 아직 그것이 무엇인지 깨닫지 못하고 있었다.

무생록 사 단계에 이르러 처음 밖으로 나온 것이었고 특별히 관심이 없었던 탓이었다.

"이 기운은……."

무생의 눈이 조금씩 크게 떠졌다.

상당히 오랜만에 짓는 놀란 표정이었다.

어느 정도 시간이 지나자 고개를 설레 저었다.

그의 입가에는 큰 미소가 걸려 있었다.

"운명은 운명인가 보군."

무생은 그렇게 말하면서 이십오 층이 넘는 빌딩에서 가볍게 뛰어내렸다.

무적수라보를 공중에서 시전하자 무생의 신형이 갑작스럽게 사라졌다.

잔상을 그리며 뻗어나가는 무생은 건물의 벽을 박차며 그대로 직진했다.

벽에 금이 가며 건물 전체가 울렸다.

콰아아아!

무생이 자리에 멈춰 서는 순간 엄청난 기류가 뿜어져 나오며 정면에 있던 가판대를 날려 버렸다.

사람들이 놀라 비명을 질러댔지만 무생은 유유히 그곳을 빠져나왔다.

무림에 있었을 때보다 경공을 시전하기 상당히 불편한 곳이었다.

높은 건물도 그러했지만 사람도 많으니 마음껏 달리기 어려웠던 것이다.

무생이 도착한 곳은 모용천이 있는 거대한 빌딩 옆이었다.

주변에는 공사가 진행되고 있었는데 그 뒤로 판자촌이 펼쳐져 있었다.

공사장 옆에는 작은 식당들이 뭉쳐 상가를 이루고 있었다.

발걸음을 옮긴 곳은 익숙한 기운이 느껴지는 장소였다.

도저히 잊을 수 없는 추억 속에서만 존재하는 기운이었다.

기운을 쫓아 걷다 보니 어느새 낡아 보이는 국밥집 앞까지 도달했다.

무생은 국밥집을 한 차례 바라보다 안으로 들어섰다.

"어서 오세요!"

한국어는 익숙하지 않았지만 머릿속에 이미 존재했다.

그렇기에 말을 내뱉지 못한 것은 한국어를 몰라서가 아니었다.

눈앞에 앞치마를 걸치고 서 있는 여인 덕분이었다.

"남궁소연."

"네?"

무생의 앞에 있는 여인은 남궁소연과 꼭 닮아 있었다.

단지 외형만이 아니라 느껴지는 기운, 그리고 깊숙한 곳에서 보이는 혼백의 모양은 확실히 남궁소연이었다.

"저기… 손님?"

"이름이 뭔가?"

"이소연이라고 하는데……."

얼떨결에 이름을 말한 소연이었다.

무생은 누추한 국밥집에는 전혀 어울리지 않는 모습이었다.

그가 입고 있는 옷은 서민들이 도저히 살 수 없는 금액이었고 부하가 챙겨준 물품은 모르는 자도 알아볼 만큼 대단한 명품이었다.

"소연인가."

무생은 가볍게 고개를 끄덕이고는 자리에 앉았다.

소연이 메뉴판을 가져다주자 무생은 잠시 그것을 들여다보았다.

아무거나 대충 시키자 소연은 무생을 잠시 멍하니 바라보다 화들짝 놀라더니 주방으로 사라졌다.

'환생인가?'

윤회사상이라는 것을 알고 있었지만 그리 신뢰하지는 않았다.

광노는 신계에 있었고 검노는 저승에서 잘 놀고 있었으니 윤회라는 것을 생각할 수 없었던 것이다.

지금도 믿지는 않고 있었으나 이제는 그런 것 따위는 아무런 상관이 없었다.

중요한 것은 소연이 눈앞에 있다는 것이었다.

그녀는 자신을 기억하고 있지 않았지만 그 역시 중요하지 않았다.

무생의 입가에 서서히 미소가 서리자 소연은 국밥을 들고 나오다가 주위가 밝아지는 것 같은 느낌을 받았다.

소연은 그에게서 눈을 뗄 수 없었다.

잘생겼기 때문만은 아니었다.

왠지 가슴이 찡한 느낌과 함께 스스로 주체할 수 없는 감정이 그에게 모두 쏠려 버렸다.

당황하며 허둥거리던 소연이 발이 꼬여 앞으로 넘어질 때였다.

뜨거운 국밥에 화상을 입고 바닥에 넘어지는 자신을 상상하며 눈을 감았지만 통증은 전혀 느껴지지 않았다.

눈을 뜨자 무생이 자신을 잡고 있음을 발견했다.

뜨거운 국밥은 무생의 손에 아무렇지도 않게 들려 있었다.

소연은 멍한 표정을 짓다가 무생과 눈이 마주쳤다.

"저기……."

무생은 그녀를 놔주었다.

"가, 감사합니다."

작게 고개를 끄덕인 무생은 자리로 돌아가 앉았다.

그제야 소연은 무생이 원래 앉았던 자리와 자신이 넘어질 뻔했던 위치가 제법 떨어져 있음을 발견했다.

느끼지도 못하는 사이에 다가올 수 있을 정도의 거리는 절대 아니었다.

무생은 소연의 눈빛을 받으며 국밥을 먹기 시작했다.

그렇게 맛있는 국밥이라고 할 수는 없었다.

무생이 만든다면 이것보다 몇 배는 족히 맛있게 만들 수 있을 것이다.

하지만 익숙한 맛이 느껴졌다.

분명 처음 먹어보는 음식임에도 예전부터 먹어온 것 같은 느낌을 받았다.

아마 음식 맛이 아닌 분위기 때문일 것이다.

무신세가에 있을 때 늘 보았던 풍경이 펼쳐지는 듯했다.

남궁소연은 무생이 밥을 먹는 것을 늘 지켜보고 있었다.

눈이 마주치면 웃곤 했다.

"괜찮군."

순식간에 국밥을 비운 무생은 소연을 바라보았다.

소연은 무생과 눈이 마주치자 숨이 멎는 것 같은 착각이 일었다.

심장으로부터 찌릿한 느낌이 몰려와 무생에게서 도저히 시선을 뗄 수 없었다.

무생은 부드럽게 웃고는 자리에서 일어났다.

지갑에서 돈을 꺼낸 후 소연에게 내밀었다.

돈을 받아 들 생각조차 못하고 있는 소연을 바라보다가 그녀의 손에 쥐어주었다.

"아……."

무생은 그대로 등을 돌리며 밖으로 나갔다.

소연만이 멍한 표정으로 뒷모습을 바라볼 뿐이었다.

그 후 무생은 삼시세끼를 모두 소연의 국밥집에서 해결했다.

근처 호텔에 투숙하고 있기는 하지만 국밥집에 있는 시간이 더 많았다.

"왜 자꾸 오는 거예요?"

"밥 먹으러."

그녀가 이상하게 여기는 것은 당연했다.

딱 봐도 돈을 쓰지 못해 안달일 것 같은 남자가 허름한 국밥집에 매일같이 찾아와 밥을 해결하니 말이다.

무생은 오늘도 국밥을 먹고는 지폐를 내밀었다.

오만 원짜리 지폐를 건넨 무생은 거스름돈을 받을 생각을 하지 않았다.

"저기요, 거스름돈……."

"다음에 먹을 것까지 계산하도록 하지."

무생이 밖으로 나가려 할 때였다.

우당탕!

문이 부서져 내리며 껄렁해 보이는 건달들이 파이프 같은 것들을 든 채 들이닥쳤다.

"무슨 짓이에요!"

소연이 외쳤지만 그들은 의자와 테이블을 때려 부수었다.

말리기 위해 소연이 그들의 옷자락을 붙잡았지만 그들은 가볍게 뿌리치며 모든 것을 부수기 시작했다.

소연은 바닥에 앉아 흐느꼈다.

무생은 그러한 광경을 모두 눈에 담고 있었다.

"무례하군."

무생이 그 말을 내뱉는 순간, 열이 넘는 건달이 일제히 행동을 멈추고는 무생을 노려보았다.

"뭐야, 너는?"

"죽고 싶어?"

무생에게 파이프나 날붙이를 들이밀며 위협하기 시작했다.

무생은 그 모습에 작게 한숨을 내쉬었다.

어느 시대에나 이러한 자들이 존재했다.

어떠한 이익을 위해 폭력을 행사하는 그런 건달 말이다.

"돈 좀 있어 보이는데?"

건달은 날붙이를 무생의 얼굴 앞으로 들이밀며 비릿하게 웃었다.

소연의 울음소리가 무생의 귓가를 거슬리게 했다.

무신세가에서 같이 살면서부터 한 번도 듣지 못한 그녀의 울음소리였다.

"무엇 때문에 일하나?"

그들은 무슨 말을 하냐는 듯 비웃으며 무생을 바라보았다.

그들의 눈에는 무생이 그저 허세에 찌든, 돈 좀 있는 남자로 보일 뿐이었다.

무생은 지갑에서 지폐 다발을 꺼내자 그를 비웃던 건달의 눈빛이 달라졌다.

수표와 지폐가 무생의 손에 가득 들려 있었다.

"알 만하군."

무생은 그렇게 말하면서 눈을 감았다가 떴다.

다시 눈을 떴을 때 그 눈빛에는 살기가 감돌았다.

제자리에 굳어버릴 만큼 진한 살기였다.

건달들은 그제야 눈앞에 있는 무생이 보통 자가 아니란 사실을 깨달았다.

무생의 손에서 염강기가 솟구치며 지폐와 수표다발을 모두 태워 버렸다.

그 광경에 건달 모두가 경악할 수밖에 없었다.

"어, 없애 버려!"

건달 중 하나가 소리치자 모두가 무생에게 달려들었다.

하나 그들이 무생을 상대할 수 있을 리 없었다.

무림에서 이름을 떨치던 천하십제, 천하삼절 역시 무생에게 상대조차 되지 않았다.

고작 삼류 무사에도 미치지 못하는 하류 잡배들이 무생을 위협한다는 것이 말이 되지 않았다.

무생은 그들에게 처절한 지옥을 맛보여주기로 다짐했다.

오랜만에 느끼는 평화를 깨어버린 죄는 상당히 무거웠다.

선천지기를 일으킨 무생은 달려드는 건달들을 바라보았다.

휘익!

무생의 신영이 비틀거리는가 싶더니 순식간에 사라졌다.

건달들의 눈에는 갑자기 사라진 것으로 보였다.

그 순간 건달들의 몸이 이리저리 튕겨져 나가며 부서진 테이블과 벽에 처박혔다.

공중에 마구잡이로 날려져 천장이 부딪히는 자들도 있었다.

"커억!"

"으, 으아악!"

비명을 지르며 나자빠지는 건달들에게 무생은 자비를 베풀지 않았다.

무생을 위협하던 건달이 오줌을 지르며 덜덜 떨었다.

칼을 든 손이 덜덜 떨리고 있었는데 겁먹은 강아지를 보는 듯했다.

무생이 다시 나타났을 때는 이미 나머지 건달들이 모두 당해 버린 후였다.

바닥에 쓰러진 건달들은 피눈물을 흘리며 바닥에 머리를 박거나 울부짖는 등 기괴한 상태가 되었다.

그들은 참회의 굴레 속에서 끔찍한 고통을 당하고 있었다.

"오, 오지 마!"

"늘 한결같은 반응이군."

무생은 질린다는 듯 건달을 바라보다가 그의 얼굴을 손으로 붙잡았다.

선천지기를 불어넣자 건달은 괴로운 듯 머리를 붙잡으며 무너져 내렸다.

침묵이 내려앉았다.

소연은 눈을 동그랗게 뜬 채 무생을 바라보고 있었다.

말도 안 되는 능력에 겁을 먹은 것 같았다.

그런 소연의 표정을 바라보던 무생은 살짝 미소를 지으며 입을 떼었다.

"청소를 해야 할 것 같군."

너무나 태연한 무생의 말에 소연은 어떤 반응을 해야 할지 도저히 판단할 수가 없었다.

단지 무생에 대한 두려움이 천천히 사라지고 있음을 느낄 뿐이었다.

*　　　*　　　*

무생은 중국에 있는 부하에게 전화를 하여 상황을 알아볼 것을 지시했다.

무생의 부하들은 고급 승용차를 타고 나타나며 국밥집의 쓰레기들을 직접 수거해 주고 수리까지 해주었다.

무생의 손에는 핸드폰이 들려 있었다.

"지속적으로 괴롭히고 있었다라……."

얼마 걸리지 않아 무생이 원하는 모든 정보를 전해주었는데 그 내용은 제법 짜증이 났다.

저 거대한 건물의 주인인 모용천이 있는 기업은 명실상부 대한민국 최고의 대기업이었다.

그것은 모용천의 것이었고 서울을 마음대로 주무를 수 있을 정도의 권력을 얻었다.

모용천이 소연을 발견한 순간부터 소연의 인생이 급격히 기울어진 것이다.

모용천은 소연의 존재가 과거의 소연임을 모르고 있었지만 닮은 것만으로도 충분히 괴롭힐 가치가 있다고 생각한 모양이었다.

소연의 부모에게 온갖 누명을 씌우며 지속적으로 괴롭히다 죽음에 이르게 했고 간신히 생활을 유지하고 있는 소연에게 본격적으로 손을 뻗기 시작한 것이다.

무생은 모용천이 마지막에 할 일을 알 수 있었다.

구원자처럼 나타나 소연의 마음을 얻고 가지고 놀다가 버릴 것이라 생각했다.

무생은 국밥집에 들어가 눈물을 흘리고 있는 소연을 바라보았다.

무생이 다가오자 소연은 천천히 입을 떼었다.

"빚이 많아요. 이곳도 이제는 유지할 수 없어요."

그것은 모용천이 소연을 괴롭히기 위해 강제적으로 붙여버린 빚이었다.

무생은 조용히 고개를 끄덕였다.

그녀의 빚은 그녀가 평생 일을 해도 갚지 못할 정도였다.

절망밖에 없었지만 그래도 그녀는 부모님이 남겨놓은 이

곳을 어떻게든 지키려 했었다.

하나 그것도 무리였다.

이곳은 곧 허물어지고 저 빌딩에 어울리는 공간으로 재탄생할 것이다.

"그자는… 제 모든 것을 빼앗아가고 이제… 남은 것은 제 몸밖에 없네요."

"알고 있다."

무생의 표정은 변화가 없었다.

소연이 울먹이며 말하고 있음에도 무생은 담담히 그녀를 바라보고 있는 것이다.

무생은 그녀를 위로하지 않았다.

단지 그녀를 위해 할 일을 생각할 뿐이었다.

"절 도와줄 수 있나요? 당신은 부자죠? 제가 할 수 있는 모든 걸 할게요. 그러니… 제발 이 가게만큼은……!"

소연이 무릎을 꿇으며 무생의 바지를 잡았다.

그 모습이 영생산에서 처음 그녀를 만났을 때와 겹쳐 보였다.

그때도 그녀는 무생에게 도움을 구했다.

절박한 표정으로 바라보며 그렇게 도움을 청했었다.

그때 느낀 것은 단순히 흥미뿐이었지만 지금은 달랐다.

무생은 자세를 낮추며 그녀와 눈을 맞추었다.

그녀의 얼굴은 눈물로 엉망이 되어 있었다.

"내가 너에게 해줄 수 있는 것은 여전히 이런 것밖에 없구나."

무생의 말은 소연은 전혀 이해할 수 없을 것이다.

무생은 소연의 이해를 바라지 않았다.

그녀의 눈물자국을 손가락으로 지우고는 휴대폰을 꺼내 어디론가 문자를 보냈다.

문자 한 통이면 충분했다.

무생은 소연을 일으키며 의자에 앉혔다.

"더 이상 빚은 없을 거다."

"네?"

소연이 놀란 표정으로 무생을 바라보았다.

무생은 여전히 담담한 표정으로 입을 떼었다.

"네가 도와달라 하지 않았느냐."

"그, 그렇지만 그건……!"

"예전보다는 간단한 부탁이라 아쉽군."

무생은 입가에 웃음을 그리며 그렇게 말했다.

그 부탁은 단지 손가락 몇 번 움직이면 될 정도로 간단한 일이었다.

"왜 저에게 관심을 갖는 거죠?"

"나중에 말해주도록 하지. 골칫덩어리를 해결하고 난 다음에."

무생은 그녀의 어깨에 손을 올렸다.

그리고는 몸속에 선천지기를 흘려보냈다.

그녀가 가지고 있던 자잘한 질병이 모두 치유되었고 노폐물이 모조리 제거되었다.

그녀는 몸이 시원해짐을 깨닫고는 놀랄 수밖에 없었다.

"이들이 보호해 줄 것이다. 되도록 가게 밖으로 나오지 말거라. 곧 끔찍한 일이 벌어질 테니."

가게를 둘러싸고 있는 자들을 보며 무생이 말했다.

그들은 중국에서 보내온 실력 좋은 자였다.

혼백을 제압했기에 배신을 할 리 없었다.

"왜 이렇게까지 저를……."

무생은 아무 말도 하지 않으며 그녀를 바라보았다.

소연은 무생의 눈빛에서 따듯한 무언가를 느낄 수 있었다.

잠시 침묵이 자리 잡았다.

무생은 침묵 끝에 등을 돌려 가게를 빠져나가려 했다.

"자, 잠시만요! 이름이라도 알려주세요!"

"무생."

무생은 고개를 돌려 간단히 대답했다.

전혀 한국인 같지 않은, 굉장히 특이한 이름이었지만 소연은 그러한 것을 느낄 수 없었다.

마치 예전부터 들어온 이름처럼 느껴졌다. 어떤 그리움 같은 감정도 밀려왔다.

"무생……."

이름을 곱씹어 보았을 때 이미 그는 사라진 후였다.

소연이 정말 자신의 빛이 모조리 사라진 것을 알게 된 것은 그 후 얼마 지나지 않아서였다.

第十一章

모용천

모용천은 거대한 빌딩의 꼭대기에서 와인 잔을 든 채 도심을 내려다보았다.

그의 눈에는 자신에게 쏟아져 내리는 혈마기가 또렷하게 보였다.

모용천은 봉인에서 깨어난 직후부터 무생을 뛰어넘기 위해 많은 사람을 죽여 왔다.

학살의 현장에는 늘 그가 있었다.

6.25 전쟁에도 참여해서 제법 많은 혈마기를 얻은 모용천이었다. 그 후 대륙으로 돌아가지 않고 남아 자신의 힘을 증

대시킬 기반을 마련했다.

서울의 중심에 기문진의 중심이라 할 수 있는 거대한 빌딩을 건설하여 서울 전체의 생명을 빼앗고 있는 것이다.

모용천은 무생이 다시 나타나서 자신을 봉인할 것이라 생각했다.

모용천은 자신의 모든 탐욕을 실행하면서도 무생에 대비하여 필사적으로 힘을 쌓고 있는 것이다.

"아직 부족해."

모용천은 힘의 부족을 명백히 느낄 수 있었다.

무림에 있을 때만큼 혈마기를 모으기는 했지만 그 정도로는 무생에게 아무런 피해를 입힐 수 없을 것이다.

온갖 방법을 이용해 부와 명예, 그리고 권력을 얻었지만 얻는 것이 많아질수록 모용천은 더욱 필사적으로 발버둥 쳤다.

세상의 주인은 자신이었다.

무생만 존재하지 않는다면 세상을 지배하는 것은 너무나 쉬운 일일 것이다.

지금 서울을 마음대로 주무를 수 있는 것처럼 말이다.

모용천에게 법은 통용되지 않았고 그가 하고자 하는 모든 일을 할 수 있었다.

오히려 그가 태어나고 자랐던 무림보다 훨씬 자유로웠고

힘이 있는 자들을 위한 세상이었다.

아무도 방해할 자가 없는 것이다.

무생을 제외하고 말이다.

모용천은 얼굴을 일그러뜨리며 와인 잔을 집어 던졌다.

아직 불안정하기는 하지만 계획을 조금 빨리 앞당겨야 할 필요성을 느꼈다.

서울의 천만 생명을 모조리 흡수하여 더욱 높은 경지로 올라갈 생각이었다.

그러기 위해 세계 최고 수준의 건축가들을 고용해 이 건물을 아주 정밀하게 지은 것이다.

복지를 돕는다는 명목으로 서울 각지에 혈마기를 끌어모으기 위한 기문진을 설치했는데, 지금 그가 있는 빌딩에 강제적으로 모이게 되어 있었다.

"네놈이 나에게서 빼앗아갈 것은 아무것도 없어!"

모용천은 발악적으로 외치며 뒤에 서 있는 비서를 바라보았다.

비서는 덜덜 떨다가 모용천과 눈이 마주치자 바로 무릎을 꿇었다.

모용천의 성미를 건드렸다가는 아무도 모르게 죽임을 당한다는 것을 잘 알고 있었다.

"여자는 데려왔나?"

"그, 그게……."

비서가 대답하지 못하자 모용천이 손을 뻗었다.

그러자 비서의 몸이 떠오르며 모용천의 손으로 빨려들어 왔다.

모용천은 비서의 목을 쥐고는 노려보았다.

"켁!"

"다시 묻지. 여자는 데려왔나?"

"바, 방해꾼… 이……."

모용천이 손을 놓자 비서가 목을 부여잡으며 괴로운 듯 바닥에 엎드렸다.

그리고 필사적으로 몸을 일으켜 잘 나오지 않는 말을 잇기 시작했다.

"어, 어떤 자가 처, 철거를 방해, 했습니다. 게다가 주, 중국에서 거, 거물급 인물이 관여하는 바람에……."

"중국?"

"하, 한국에 입국한 자를 아, 알아보았는데 이름이……."

중국이라는 이름을 듣는 순간 모용천의 얼굴이 더욱 일그러졌다.

모용천이 깨어난 곳도 중국이었다.

19세기의 중국에서 깨어난 모용천은 겨우 혈마기 한 줌만을 지니고 있었을 뿐이다.

그때부터 지금까지 많은 사람을 죽여가며 혈마기를 쌓았고 권력과 부, 명예를 얻었다.

모용천은 중국에서 누군가 입국했다는 말에 지금까지 얻어온 모든 것이 사라질 것 같은 불안함을 느꼈다.

모용천 정도 되는 자가 느끼는 직감은 사실에 가까웠다.

"부, 분명 이름이… 무……."

"무생."

"네! 마, 맞습니다. 무, 무생이라고 했습니다. 갑작스럽게 중국에 등장해 거물급 인물로 떠오른 자입니다. 흑사회뿐만 아니라 정계에까지 막대한 영향을 미쳐 적이 없다고 하더군요."

"하, 하하하하하!"

모용천은 미친 듯이 웃기 시작했다.

비서는 손자국이 선명한 목을 만지며 몸을 바들바들 떨었다.

"무생, 무생이란 말이지? 흐, 흐흐흐."

모용천의 눈에는 많은 감정이 떠올라 있었다.

무생에 대한 분노와 두려움, 그리고 탐욕이 한데 섞여 혼란을 만들어냈다.

"꺄아아악!"

모용천은 눈앞에 있는 비서를 발로 밟았다.

그러자 비서의 몸이 급격히 말라가기 시작했다.

비서에게서 뽑아낸 생명력은 혈마기가 되어 모용천의 몸으로 빨려들어 왔다.

비서의 몸은 재가 되어 사라졌다.

모용천은 초조함을 느꼈다. 무생이 여기에 와 있다면 분명 자신을 찾아올 것이다.

모용천은 현대 무기로는 자신을 상대할 수 없는 것처럼 무생 역시 상대할 수 없음을 알고 있었다.

무생과 맞설 수 있는 자는 모용천, 자신밖에 없었다.

"하지만 날 죽일 수는 없겠지."

모용천은 그렇게 생각했다.

과거에도 무생은 자신을 죽이지 못해 봉인만 해놓았다.

최소한 자신이 죽을 리는 없다고 생각하니 모용천은 조금 마음이 풀리는 것을 느낄 수 있었다.

"지금 당장 계획을 실행해야겠군."

모용천은 이대로 당할 생각은 전혀 없었다.

서울의 모든 생명을 산화시켜서라도 이 시대에 남아서 황제로 군림하고 싶었다.

얻고 싶은 것을 모두 얻고 파괴하고 싶은 것들을 모두 파괴하고 싶은 것이다.

모용천은 빠른 발걸음으로 빌딩 중앙으로 향했다.

그곳에는 많은 연구원이 있었는데 그들은 모용천을 보고도 반응을 할 수 없었다.

이미 재가 되어 바닥에 떨어져 있었기 때문이다.

"흐, 흐흐흐!"

지금 이 빌딩에 모여 있는 세계 최고 수준의 인재들은, 모용천에게는 붉은 기문진을 가동시키기 위핸 재물밖에 되지 않았다.

빌딩이 기문진의 중심이 되는 구조였다.

기문진을 가동시키기 위해서는 많은 순수한 생명력이 필요했는데 모용천은 이 빌딩에 있는 사람들을 쓸 작정이었다.

꿈을 안고 입사를 했지만 모용천에게는 그들이 그저 도살할 가축으로밖에 보이지 않았다.

모용천은 빌딩에 설치되어 있는 비밀 연구실을 지나쳐 기문진의 가동 스위치가 있는 방으로 향했다.

오로지 자신만 들어갈 수 있게 설계가 되어 있었다.

"예전과 같다고 생각하면 오산이다! 무생!!"

모용천은 분노를 담아 그렇게 외치며 버튼을 눌렀다.

그러자 빌딩이 거세게 흔들리기 시작했다.

그것은 서울 곳곳에 세워진 기문진 작동을 위한 건물들 역시 마찬가지였다.

마치 서울에 지진이라도 난 듯 서울 전역이 진동하기 시작했다.

"하, 하……."

모용천의 눈이 붉게 물들었다.

누구나 탐내는 것들을 얻었지만 모용천은 지금껏 쫓기듯 살아왔다.

"하하하하하하!"

모용천은 미친 듯이 웃으며 점차 붉게 변하는 창밖의 하늘을 바라보았다.

이번만큼은 결코 지지 않을 것이다.

모용천은 그렇게 생각하며 그치지 않고 광소를 내뱉었다.

많은 사람이 생명을 급격히 잃어갔지만 도시는 아직 평소와 다름없이 시끌벅적할 뿐이었다.

*　*　*

무생은 잘 떨어지지 않는 발걸음으로 가게를 나왔다.

소연과 같이 있고 싶은 마음이 들었지만 무생은 그녀의 생활을 존중해 주었다.

기억이 없는 그녀에게 자신을 강제할 수 없는 것이다.

다만 무생은 살아갈 의미를 다시 한 번 깨달을 수 있었다.

앞으로 펼쳐질 수많은 세월 동안 무수히 만날 그녀가 언젠가 무림에서와 같이 자신을 원하는 날이 올지도 몰랐다.

"나쁘지 않군."

무생은 입버릇처럼 그렇게 내뱉었다.

그리고 그녀가 있는 가게를 바라보다 천천히 고개를 돌려 모용천이 있는 빌딩으로 시선을 주었다.

무생은 모용천의 빌딩이 기문진의 중심임을 알아차리고 있었다.

그리고 곧 그 기문진이 작동할 것 역시 짐작하고 있었다.

모용천이 감추고 있던 혈마기를 서서히 개방하고 있으니 그 시기는 아마 지금일 것이다.

두드드드드!

무생의 예상이 맞아떨어졌다.

서울은 지진이라도 난 것처럼 바닥이 울리기 시작했다.

그와 동시에 서울의 모든 시민들에게서 급격히 생명이 빨려져 나갔다.

시민들은 갑자기 느껴지는 피로감에 고개를 갸웃거리면서도 바쁘게 움직이며 할 일을 하고 있었다.

자신이 죽어가는 것조차 모를 정도로 이 시대는 이러한 풍경에 동떨어져 있었다.

무생은 점점 짙어지는 혈마기를 느끼며 빌딩을 바라보았다.

마치 손님맞이라도 하듯 붉게 물드는 빌딩의 표면은 상당히 징그럽게 느껴졌다.

혈마기가 빌딩의 표면에 고여 흡수되는 광경은 마치 살아 있는 생명체처럼 보였다.

무생은 점차 선천지기를 개방하기 시작했다.

무생록 삼 단계를 개방하자 주변에 있던 혈마기가 모조리 정화되었다.

황금빛 기둥이 솟구치며 모용천의 혈마기와 상반된 빛깔을 연출해 냈다.

무생은 빌딩 앞으로 순식간에 이동해 안으로 들어갔다.

빌딩 안은 아수라장이었다.

바닥에 누워 비명을 지르며 재가 되어 사라지는 사람들이 잔뜩 있었다.

미처 밖으로 도망치지 못해 입구에서 모두 죽어버리고 있었다.

무생은 이들이 재물이란 형태로 진의 원동력이 되고 있음을 알 수 있었다.

"모두 죽었군."

기문진을 가동시킬 때부터 이들에게 살아남을 가능성은 없었다.

무생은 재가 되어 사라진 사람들을 바라보다 엘리베이터를 타고 최상층으로 올라가기 시작했다.

아무도 없는 적막한 빌딩은 쓸쓸함마저 느껴졌다.

엘리베이터는 밖을 내다볼 수 있게 투명했는데 무생의 눈에는 오로지 붉은 기류만 보였다.

절로 인상이 찡그려질 정도로 탁한 붉은빛이었다.

무생은 세상의 말세가 온다면 바로 이러한 광경일 것이라 생각했다.

모두가 끔찍한 고통 속에서 죽어나가는 지옥.

그것의 축소판이 서울에서 일어나고 있었다.

띵!

엘리베이터가 최상층에 도달했다.

최상층은 아무나 출입할 수 없는 곳이었는데 막아서는 자들은 단 한 명도 존재하지 않았다.

무생은 천천히 걸어 회장 전용 엘리베이터를 타고 몇 층 더 올라가야만 했다.

모용천이 있는 층에 도착하자 낯선 풍경이 무생을 반겼다.

클래식 음악이 흐르고 있었고 커다란 홀 중앙에 덩그러니 화려한 테이블 하나가 놓여 있었다.

그곳에는 값비싼 레드 와인 한 병이 있었고 와인 잔 두 개가 놓여 있었다.

무생은 천천히 걸어 테이블에 다가갔다.

저 멀리서 창밖을 내다보고 있는 남자가 보였다.

짙은 혈마기를 내뿜고 있는 남자는 천천히 등을 돌려 무생을 바라보았다.

여유로운 무생과는 달리 초조한 기색이 가득했다.

점차 차오르기 시작한 혈마기를 느끼고 있었지만 모용천은 초조해하고 있었다.

"오랜만이군."

무생이 먼저 그렇게 말을 내뱉었다.

"염마지존 무생……."

"현대에는 어울리지 않는 이명이야."

"그도 그렇군."

무생의 말에 모용천이 미소를 그리며 그렇게 말했다.

모용천과 무생은 테이블을 사이에 놓고 서로를 바라보다가 자리에 앉았다.

모용천은 무생에게서 아무것도 느낄 수 없어 당황하고 있었다.

그런 마음을 간신히 감추고 있기는 했지만 무생에게 모조리 간파당했다.

"약해졌군."

"내가? 이 모용천이?"

"겁먹고 있지 않나."

"웃기는군."

모용천은 자존심이 상한 듯 얼굴을 구기며 무생을 노려보았다.

그러다가 모용천은 간신히 웃고는 와인을 와인 잔에 따르며 음미하기 시작했다.

무생 역시 와인을 마셨는데 무생의 흥미를 끌 정도의 맛은 아니었다.

무생은 이런 식으로 시간을 끄는 모용천에게 점점 흥미가 떨어짐을 느꼈다.

무생이 바라보는 모용천은 그저 자기가 일궈놓은 것을 빼앗기기 싫어하는 초라한 노인으로 보일 뿐이었다.

"무엇을 기다리고 있는 거지? 이 도시를 모두 흡수한다면 가능성이 있을 것이라 생각했나?"

"크, 크흐흐."

무생의 말에 모용천은 웃기 시작했다.

"그래, 네놈이 나보다 강하다는 것은 순순히 인정해 주지. 하지만 그것뿐."

모용천은 자리에서 벌떡 일어났다.

그러자 와인 병이 쓰러지며 바닥에 떨어져 깨졌다.

모용천이 양팔을 벌리자 빌딩에 스며든 모든 혈마기가 그에게 쏟아져 내렸다.

"네놈 역시 나를 죽일 수 없지! 나는 영생을 얻었으니까!"

모용천은 그렇게 외치며 득의양양하게 웃었다.

무생은 그 모습에 모든 감흥이 사라져 버렸다.

모용천은 분명 자신에게 분노하며 죽이고 싶어 했지만 그보다 두려워하는 마음이 커 보였다.

모용천의 주위에는 무림에 있었을 시절보다 훨씬 강력한 혈마강기가 떠올라 있었다.

모용천이 날뛰기 시작한다면 도시 하나는 쉽게 쑥대밭이 되어버릴 것이다.

혈마강기는 현대 과학으로 막을 수 없었고 오로지 같은 강기만으로 대응해야 했기 때문이다.

"이제 그만 끝낼 때가 된 것 같군."

무생은 모용천을 바라보며 나지막하게 말했다.

모용천은 무슨 말을 하냐는 듯 무생을 보며 미친 듯이 웃기 시작했다.

"네놈이 아무리 강해도 날 죽일 수 없다는 것쯤은 알고 있다! 게다가 예전과 달리 나는 더 강력하지. 혈신 그 자체란 말이다!"

콰가가가가!

모용천의 외침에 빌딩 전체가 흔들렸다.

무생은 그런 모용천을 무표정한 얼굴로 바라보았다.

아무리 강한 혈마강기를 뿜어내도 무생의 근처에 전혀 도달하지 못했다.

오히려 혈마강기가 정화되고 있었다.

모용천이 손을 뻗자 한쪽 구석에 있던 검이 그의 손에 들려졌다.

그의 본신 무공 역시 이미 우화등선의 경지에 이르러 있었다.

거기에 막강한 혈마기까지 더해지니 스스로 혈신이라 부를 만했다.

무생만 없었더라면 지구의 모든 것은 온전히 모용천 것이 되었을 터였다.

모용천의 검에서 엄청난 크기의 혈마검강이 뿜어져 나왔다.

빌딩 벽을 간단히 가르고도 한참을 더 나아갈 정도로 길었다.

"크흐흐! 내 것을 빼앗을 수는 없다! 무생!!"

모용천이 무생에게 달려들었다.

엄청난 빠르기였다.

순식간에 무생의 앞에 도달한 모용천이 그것을 휘둘렀다.

빌딩의 벽이 모조리 베어지며 무생에게 혈마검강이 닿았다.

그러나 무생은 자신의 목에 닿는 검강을 바라보고 있을 뿐이었다.

목에 검강이 닿았지만 검강은 무생의 피부 한 겹도 벗길 수 없었다.

모용천의 검이 떨리고 있었다.

잔뜩 힘을 주고 있었지만 주변의 모든 것만 파괴되어 날아갈 뿐 무생은 전혀 움직이지 않았다.

무생은 천천히 손을 들어 모용천의 검강을 잡았다.

모용천의 얼굴이 놀란 빛으로 물들었다.

무림에서는 무생에게 상처를 주었던 자신의 검강이었다.

하나 지금은 작은 생채기조차 새길 수 없었다.

"이, 이럴 수가!"

"의지가 없군."

무생은 그런 말을 내뱉으며 손에 힘을 주었다.

그러자 검강이 간단히 깨져 나가며 모용천이 뒤로 밀려 나갔다.

그그극!

모용천의 검강에 의해 베어진 벽의 선을 따라 건물이 기울기 시작했다.

무생은 당황한 표정의 모용천을 바라보며 무생록 사 단계를 개방하기 시작했다.

콰가가가가가!!

모든 선천지기를 개방하자 모용천의 혈마기가 바람 앞의 불꽃처럼 허무하게 꺼져 갔다.

무생록 사 단계는 모용천이 상상하지도 못한 거대한 기운을 품고 있었다.

마치 우주를 보는 듯한 그런 감각이었다.

모용천은 비틀거리면서 무생을 바라보았다.

"네 이놈, 무생! 언제까지 날 방해할 생각이냐!"

그는 침까지 흘리며 무생에게 외쳤다.

그의 외침은 처절하게 느껴졌다.

"이제 그럴 일은 없을 거야."

무생은 천천히 그렇게 말하며 본격적으로 자세를 잡기 시작했다.

무생의 모든 무공이 집약된 자세였다.

"오늘 넌 소멸할 테니까."

말이 끝나자마자 무생의 신형이 사라졌다.

공간을 이동하듯이 모용천의 앞에 나타난 무생은 그의 얼굴을 가볍게 후려쳤다.

하지만 그 결과는 결코 가볍지 않았다.

모용천의 신형이 벽을 뚫고 그대로 건물 밖으로 떨어져 내렸다.

콰앙!

무생 역시 바닥을 박차며 그 자리에서 사라졌다.

무생은 떨어져 내리는 모용천의 옆에 나타나 그대로 주먹을 꽂아 넣었다.

모용천은 반대편 건물에 총알처럼 날아가 그대로 창문을 깨부수며 처박혔다.

무생은 가볍게 공중을 날아 모용천이 처박힌 곳에 착지했다.

"크아아악!"

모용천은 몸에서 느껴지는 고통에 발버둥 쳤다.

혈마기가 그의 몸을 고치려 하고 있었지만 무생의 선천지기가 그것을 끊임없이 방해하며 고통을 부여했다.

모용천은 옆에 있는 기둥을 붙잡고 간신히 일어나 무생을 바라보았다.

"어, 어째서 회복이 되지 않는 거지?"

무생은 모용천에게 답을 내려주지 않았다.

어차피 그가 이해할 수 있을 리 없었기 때문이다.

모용천은 혈마기를 더욱 많이 흡수하며 혈마강기를 엄청

난 기세로 내뿜었다.

콰가가가!

모용천이 있는 빌딩이 급격히 붕괴되기 시작했다.

이십오 층이 넘는 빌딩이 기울어지며 넘어지는 풍경은 상당히 충격적이었다.

서울 시민들은 그 광경을 보고 비명을 지르며 대피하고 있었다.

"으아아아!"

모용천은 검을 집어던지며 온몸에 혈마강기를 두르고 무생에게 달려들었다.

그것이 최후의 발악으로 느껴질 정도로 모용천은 처절했다.

손에 쥔 것들을 잃어버리지 않으려 발악하는 모습은 굉장히 약해 보였다.

무생은 달려드는 모용천을 향해 가볍게 주먹을 찔러 넣었다.

무생록(無生錄) 사식(四式).

하나 그것은 간단한 주먹질이 아니었다.

무생의 거대한 세월 속에서 쌓아올린 묘리가 담긴 최강의 주먹이었다.

멸혈신(滅血神).

무생의 주먹과 모용천의 몸이 부딪혔다.

콰아앙!

무너져 내리던 빌딩이 폭발하며 하늘로 치솟았다 주변의 빌딩들 역시 휘청거리며 바닥에 주저앉기 시작했다.

무생의 주먹은 그 어떠한 기운도 품지 않고 있는 것으로 보였지만 모용천의 몸을 저 먼 곳까지 날려 버릴 정도로 굉장했다.

존재하지 않지만 존재하는 무생의 기운은 이미 대자연을 모두 포용하고 있었다.

모용천은 박살 난 자신의 가슴을 바라보았다.

혈마기가 쉴 새 없이 빠져나가고 있었다.

모용천은 손을 휘저으며 빠져나가는 혈마기를 잡으려 했다.

"커, 커헉!"

모용천은 드디어 깨달을 수 있었다.

자신이 죽어가고 있음을 말이다.

무생이 어떻게 자신을 죽일 수 있는지 이해가 되지 않았다.

분명 무생과 동등한 영생을 얻었는데 어떻게 그가 자신을 죽일 수 있단 말인가?

모용천은 바닥을 기다시피 하며 간신히 일어났다.

'도망가야 한다!'

모용천의 머릿속에는 그것밖에 떠오르지 않았다.

순간 무생이 너무나 두려워졌다.

경공을 시전하며 도망치려고 했지만 무생이 그의 앞을 간단히 막아섰다.

"으, 으아!!"

모용천이 주춤거리면서 물러났다.

서울은 여전히 혈마기로 뒤덮여 있었지만 모용천에게는 아무런 힘이 되어주지 못했다.

"천만, 천만이 넘는 힘도 아무런 쓸모가 없는 것인가! 어째서! 네놈만 그렇게 강한 거지?"

모용천은 피까지 토하며 그렇게 외쳤다. 무생은 그런 모용천을 바라보면서 고개를 설레 내저었다.

"그게 운명이겠지."

"웃기지 마라! 내가 바로 모용천이다!"

무생은 천천히 웃었다.

"그래, 모용천이겠지."

무생은 몸 안에 잠들어 있는 모든 선천지기를 내뿜었다.

선천지기는 무한이라 표현할 수 있었다.

황금빛 강기가 휘몰아치며 하늘을 물들였다.

무생의 무한한 선천지기는 모용천이 공들여 만든 기문진을 너무나 쉽게 파괴했다.

서울 각지에 세워진 건물들이 폭발하며 그대로 붕괴하였고 모용천의 빌딩 역시 무너지기 시작했다.

동시다발적으로 무너지는 풍경은 마치 전쟁터를 방불케 했다.

하지만 하늘은 너무나 평화로웠다.

비명을 지르던 사람들도 하늘을 올려다보며 넋을 잃을 만큼 아름다운 광경이었다.

찬란한 황금빛이 하늘을 물들이고 있는 풍경은 평생 다시는 보지 못할 광경일 것이다.

모용천이 끌어모은 혈마기는 모조리 사라졌고 무생의 선천지기가 시민들의 빼앗긴 생명력을 보충해 주었다.

무생에게는 너무나 간단한 일이었지만 그 광경을 보고 있던 모용천은 그대로 바닥에 무너져 내렸다.

마치 모든 것을 잃은 것 같은 얼굴이었다.

무생은 그 앞에 서서 그를 내려다보았다.

"사, 살려줘! 주, 죽기 싫어!"

겁먹으며 외치는 모용천을 바라보자 그와 처음 만났던 날이 떠올랐다.

그때 무생이 감정이라는 것이 무엇인지 알고 있었더라면, 어쩌면 모용천을 올바른 길로 인도해 주었을지도 모른다.

그렇다면 모용천의 운명은 크게 달라졌을 수도 있었다.

"하, 한 번만 봐줘! 조, 조용히 살게. 크헉!"

모용천의 몸이 급격히 붕괴되어 가고 있었다.

무생록 사 단계에 이른 무생의 선천지기는 모용천의 영생보다 한 차원 높은 경지였다.

스스로의 완전한 소멸을 위해 올라온 경지였다.

무생은 죽어가는 모용천을 보면서 죽음의 진정한 의미가 무엇인지 생각해 볼 수 있었다.

모용천이 죽어갈수록 무생의 경지는 더욱 견고해지고 높아져만 갔다.

"으, 으아아악! 주, 죽기 싫어!"

모용천은 마지막 남은 혈마기를 끌어 올리며 달려들었다.

무생은 대응하지 않으며 모용천을 바라보았다.

모용천의 팔이 무생의 몸에 닿자 마치 썩어 없어지듯 사라졌다.

"내, 내 팔!"

팔뿐만이 아니었다. 몸 전체가 천천히 재가 되어 사라지고 있는 것이다.

"크허허헉!"

모용천은 고통에 울부짖으며 바닥을 기다가 무생을 올려다보았다.

무생은 자세를 낮추며 그의 얼굴을 바라보았다.

"이제 그만 쉬어라."

"크, 크흐흑."

"그 정도로 누렸으면 충분하지 않나?"

모용천은 흐느끼기 시작했다. 그 눈빛은 죽음을 받아들이고 싶어 하는 눈빛이 아니었다.

오로지 삶을 갈구하는 눈빛이었다.

"으아아아아! 무생!"

모용천은 마지막까지 분노를 담아 무생의 이름을 외쳤다.

무생은 그런 모습에도 모용천의 얼굴에 손을 뻗어 두 눈을 감겨주었다.

무생의 손이 떠나자마자 모용천의 얼굴이 붕괴되며 재가 되었다.

무생은 길게 한숨을 내쉬었다.

그 숨결에 모용천의 마지막 잔재가 휘날리며 건물 밖으로 떨어져 내렸다.

그다지 개운한 기분이 아니었다.

앓던 이가 빠진 것처럼 개운할 것이라 생각했지만 오히려 가슴이 답답했다.

"그사이 정이라도 들었던 건가."

무생은 자신의 실없는 농담에 고개를 설레 저으며 웃음을 내뱉었다. 그리고 무너진 벽 밖을 바라보았다.

몰려온 수많은 구급차와 사람들의 비명 소리가 귓가를 어지럽혔다.

무생은 그 광경을 보다가 천천히 빌딩 밖으로 빠져나가기 시작했다.

더 이상 서두를 이유는 존재하지 않았다.

최고의 골칫거리였던 모용천은 더 이상 존재하지 않았다.

"이제 정말 끝났군."

수백 년을 이어온 악연이 끝난 것을 드디어 온전히 느낀 무생이었다.

*　　*　　*

서울에 끔찍한 사태가 일어난 지 꽤나 시간이 흘렀다.

무생은 한국에 원활한 정착을 하기 위해 중국에서 그리했던 것처럼 수뇌부를 장악했다.

모용천이 했던 것처럼 난리는 피지 않았고 그저 자신에게 관심을 끊기를 바랐다.

물론 물질적인 지원은 거부하지 않았다.

거물급 인사들을 충신으로 만드는 능력은 오로지 무생에게만 존재했다.

선천지기는 그들을 새사람으로 만들었고 무생에 대한 무한한 존경심을 품게 했다.

모용천이 남긴 것은 모두 무생이 흡수했다.

악덕한 사업가이자 이 시대의 황제였던 모용천이 남긴 것은 너무나 거대했지만 무생은 모조리 습득할 수 있었다.

하지만 딱히 그것으로 무엇을 하려는 생각은 없었다.

그저 피해를 본 사람들을 지원해 주거나 굶는 자들이 없게 지원을 하는 것에 쓰는 정도였다.

어차피 부와 명예, 권력은 관심 밖의 것이었다.

평화로운 일상을 보내기에 너무나 과도한 것들을 얻은 무생이었다.

세상의 모두가 주목하고 있었지만 무생은 정작 허름한 가게에서 대부분의 시간을 보내고 있었다.

“오셨군요.”

무생은 고개를 끄덕이며 가게 안으로 들어갔다.

이제는 무생이 오는 시각마다 마중을 나올 정도였다.

그도 그럴 것이 어느 순간 나타나 모든 빚을 청산해 주고 아무것도 요구하지 않는 사람이었다.

소연은 그저 고마운 마음뿐이었다.

"어, 어째서 절 도와주신 건지는 모르지만… 정말 감사해요. 꼭 갚을게요! 그, 그러니까……."

"마음대로 해라."

"네?"

소연의 멍한 표정을 보고는 무생은 피식하고 웃었다. 무생은 그녀와 다음 시대에 어떠한 모습으로 다시 만나게 될지 기대가 되었다.

소연은 무안해져서 TV를 틀었다.

무생의 시선 역시 TV로 향했다.

방송이라는 것은 무생의 흥미를 자극하고 있었다.

마침 영화가 방영되고 있었는데 무생은 거기서 낯익은 얼굴을 발견할 수 있었다.

"저 여자는 누구지?"

"영화배우 김연희라고 하는데… 요즘 상당히 인기가 많더라구요."

"그렇군."

당연희의 모습이 TV에 나오니 상당히 흥미로웠다.

무생은 한참 동안 바라보다 자리에서 일어났다.

계산을 하려 하자 소연이 손사래를 치며 말렸다.

하지만 무생은 테이블 위에 돈을 올려놓고 갈 뿐이었다.

딱 정가 그대로를 올려놓았다.

소연은 무생의 뒷모습을 보며 웃을 수 있었다.

그의 방문이 언제까지 계속될지 알 수는 없었으나 상당히 오랫동안 같이 지낸 것처럼 느껴졌다.

소연은 어쩌면 이 만남이 운명인지도 모른다고 생각했다.

에필로그.

무생은 현대에 머물면서 무생록의 새로운 단계를 깨달아 가고 있었다.

과학의 방대함은 무생에게 많은 깨달음을 주었고 현대의 삶은 또 다른 즐거움을 가르쳐 주었다.

과거로부터 이어진 인연이 무생의 앞에 나타나고 있었다.

남궁소연뿐만 아니라 당연희, 단수진과 팽하월 역시 동시대에 존재하고 있었다.

무생은 그것이 단순한 우연이 아님을 알고 있었다.

누군가 자신을 위해 그러한 일을 한 것이 분명했다.

'득도촌의 노인들뿐이겠지.'

무생은 모용천이 모은 돈을 전혀 아끼지 않았다.

어차피 자신에게는 필요 없었다.

아예 통째로 여기저기 자선사업을 하니 점점 더 유명세를 치르기 시작했다.

무생은 그녀들을 은밀히 지원했고 딱히 대가를 바라지 않았다.

그리고 그녀들이 진정으로 웃을 수 있을 때 스스로 떠날 때임을 직감했다.

세상에 나온 지 오 년 가까이 흘렀을 때 내린 결정이었다.

무생은 모든 것을 정리하고 다시 중국으로 향했다.

갑작스럽게 나타났던 것처럼 갑작스럽게 사라진 것이다.

무생은 영생산으로 향했다.

영생산에 도착한 순간 기문진이 열리며 무생을 환영해 주었다.

자신이 있을 곳은 오로지 이곳뿐이라 생각했다.

시간이 멈춘 것처럼 영원한 아름다움이 존재하는 영생산 말이다.

무생은 느긋하게 영생산으로 진입했다.

영생산 아래에 있는 무너져 가는 득도촌을 바라보던 무생은 피식 웃으면서 손을 휘저어 모두 무너지게 했다.

"현대에 나갔다 오길 잘했군."

무생은 새로운 득도촌을 구상했다.

그것은 바로 현대의 양식으로 지은 아주 높은 빌딩이 될 것이었다.

오랜 세월이 걸릴 테지만 그렇기에 오히려 즐거운 작업이 될 것 같았다.

"아직 죽을 때가 아닌 것 같군."

무생은 피식 웃으면서 그렇게 말했다.

스스로 죽음에 이를 수 있는 길을 찾기는 했지만 조급해하지 않았다.

소멸만이 안식이 아님을 알 수 있었다.

언젠가 다시 격렬하게 소멸을 바랄 날이 있겠지만 적어도 지금은 아니었다.

무생은 아주 튼튼하고 거대한 빌딩을 짓기 시작했다.

영생산과 맞먹을 정도로 커다란 빌딩을 지었을 때는 이미 수십 년이 지난 후였다.

무생이 빌딩의 끝에 앉아 있을 때 뒤에서부터 기척이 느껴졌다.

"자네의 경지가 하늘을 열 만큼 대단해졌군."

흰 옷을 입고 있는 광노가 무생의 뒤에 나타났다.

더 이상 하계에서는 감당할 수 없는 무생의 선천지기는 영생산을 가득 채우고 선계의 문까지 열어버렸다.

"오랜만이군, 광노. 선물은 잘 받았다."

"그것참 다행이군. 하나 그 선물은 저번 시대에서 끝난 것이 아니네. 자네와 완벽히 엮어버렸지."

"고생 좀 했겠군."

무생이 그렇게 말하자 광노는 즐거운 듯 웃었다.

광노는 무생의 옆에 다가가 섰다. 거대한 빌딩은 영생산과 어울리지 않을 것 같았지만 무생은 자연과 어울리게 빌딩을 지었다.

하나의 아름다운 예술 작품을 보는 것 같았다.

"선계에도 하나 지어주게."

"그러도록 하지."

광노는 무생의 어깨를 두드렸다.

"그래, 이제 언제 다시 나갈 생각인가?"

"수백 년이 흐른 후겠지."

수백 년이 흐른 후의 세계를 무생은 상상해 보았다.

그때는 분명 지금보다 자신을 즐겁게 해줄 것들이 많을 것이다.

자신과 얽혀 있는 그녀들을 찾아보는 것도 좋은 여행이 될 것 같았다.

"그때는 같이 나가도록 하지."

"음? 내가 그럴 수 있겠나?"

무생의 말에 광노가 물었다. 무생은 피식 웃으며 입을 떼었다.

"염라대왕을 두들겨 패서라도 그렇게 해주겠네."

"든든하군."

광노의 뒤로 득도촌의 노인들이 모두 보이기 시작했다. 무생은 고개를 설레 저으며 정말로 오랜만에 득도촌에 모두가 모였다고 생각했다.

무생은 진정으로 웃을 수 있었다.

『무생록』 완결